U0576268

天下禅茶出径山

沈　昱　主编

杭州市余杭区茶文化研究会　策划

浙江工商大学出版社·杭州

图书在版编目（CIP）数据

天下禅茶出径山 / 沈昱主编. -- 杭州：浙江工商
大学出版社，2025. 3. -- ISBN 978-7-5178-6503-2

Ⅰ. I267

中国国家版本馆 CIP 数据核字第 2025XQ9998 号

天下禅茶出径山
TIANXIA CHANCHA CHU JINGSHAN

沈　昱 主编

出 品 人	郑英龙
策划编辑	沈　娴
责任编辑	吴岳婷　程辛蕊
责任校对	刘　颖　何子怡
封面设计	观止堂_未氓
责任印制	祝希茜
出版发行	浙江工商大学出版社
	（杭州市教工路 198 号　邮政编码 310012）
	（E-mail：zjgsupress@163.com）
	（网址：http://www.zjgsupress.com）
	电话：0571 - 88904980，88831806（传真）
排　　版	杭州朝曦图文设计有限公司
印　　刷	浙江海虹彩色印务有限公司
开　　本	880mm×1230mm　1/32
印　　张	7.375
字　　数	108 千
版 印 次	2025 年 3 月第 1 版　2025 年 3 月第 1 次印刷
书　　号	ISBN 978-7-5178-6503-2
定　　价	68.00 元

版权所有　侵权必究

如发现印装质量问题，影响阅读，请和营销发行中心联系调换
联系电话　0571 - 88904970

序

"茶者,南方之嘉木也""自从陆羽生人间,人间相学事春茶""茶之为用,味至寒,为饮,最宜精行俭德之人"……

自唐朝始,茶正式融于中国人的生活日常之中。一位被誉为"茶圣"的陆羽,一部犹如一盏明灯的《茶经》,规范了饮茶之法。煎茶法独具韵味:饼茶经炙烤、冷却后碾成粉末,初沸调盐,二沸投末,加以环搅,三沸而止。

当然,古人喝茶可不会仅仅囿于一方茶室,而是将茶之境延展至天地之间、四时之内。他们就着春风,"山中何事?松花酿酒,春水煎茶";就着月明,"半壁山房待明月,一盏清茗酬知音";就着翠色,"竹下忘言对紫茶,全胜羽客醉流霞";就着冬梅,"轻涛松下烹溪月,含露梅边煮岭云"。

眼前有花鸟,胸中有日月,人生何处不饮茶?他们将自己放逐于自然、山野之间,倾一杯风雅,任心驰神游。

一场茶事，仿佛就是一场修行。

茶文化日渐兴盛的同时，禅文化也逐渐形成并流播，而后，两者传至日本等地，茶和禅相融合，形成了茶与禅的文化。而关于茶和禅，通常有两种表述：一是禅茶，二是茶禅。

那么，茶何以禅？

有学者认为，茶能将养生、得悟、体道等三重境界合而为一，当"禅机""茶理"融于一境，即禅茶，也即茶禅。南宋文人冯时行的《请岩老茶榜》便形象地概括了茶禅："若色若香若味，直下承当；是贪是嗔是痴，立时清净。"茶使人清净，而去嗔痴，断妄念，得悟禅意。

的确如此，当淡淡的茶汤缓缓流入口中，我们总能感受到时间的"流淌"，但同时又能感知一种别样的"宁静"。这便是哲学家或禅者所说的"动静一如"。

对此，"茶仙"卢仝应是心有戚戚的。在品尝了友人谏议大夫孟简所赠的新茶之后，他即刻写下了《走笔谢孟谏议寄新茶》，也就是那首著名的《七碗茶诗》，神逸的笔墨描写了奇妙的饮茶体验。在诗中，卢仝说自己关闭了柴门，独自煎茶品尝，茶汤明亮清澈，轻云般的热气袅袅而上，吹也吹不散。

让人心驰神往。

不过,这般茶事日常,在当下似乎被操持得有些高深莫测了。有时过于讲究"茶道",反而忘记了喝茶的本意。唐代赵州观音院赵州和尚的"吃茶去"公案流传至今,说的是两位僧人来请教什么是禅。

无论问什么,赵州和尚一律回答:"吃茶去!"

而所谓"吃茶去",其意不只是简单地去喝个茶,更是禅宗讲求的在"无所用心"的日常生活中见道与悟道。喝茶时,人处于无比放松的状态,只专注于茶,把"空性"与"当下"融入茶中,便能体会到闲情、美好与禅意。

的确,茶与人,茶与生活建立的联系,唯有通过慢慢饮、认真品,方能体会其能量与快乐。这也正是一群爱茶的写作者选择径山作为目的地的原因所在,不仅仅因为这里的风景,更因为这里的茶——唐代著名僧人法钦大师云游到径山后,开山结庵建寺,种茶制茶研茶,是为径山茶之始;此后,"茶圣"陆羽驻径山,汲泉、煮茶、品茗、著《茶经》;宋时,日本高僧南浦绍明来径山学佛习茶,并把茶籽和宋代盛行的径山茶宴传至日本,让径山茶走向世界。径山是"茶圣著经之地"与"禅茶源起之地",一片茶叶蕴含了千年历史文化的厚重沉淀,也是传统文化传播、传承的载体。

这群爱茶之人，从径山的山水、地理、风物中寻找入口，行走并书写。除了对饮茶之闲情与佳境的深入探讨之外，他们还写到了净室、良友、美器、好水、文火、适量、良匠、变通等饮茶的"仪式感"和"标配"。

他们感受着茶叶、茶气、茶汤的呈现，通过身体与心灵的延伸与体验来表达——人之爱茶，是一场修行，一盏茶或浓或淡，并非茶的本色，而是爱茶之人滴滴晕染出的内心世界。而径山茶内在的那股生生不息的力量，也深深触动着他们的灵感，让想象无限飞跃，思维与语言也常有意想不到的创造。

通过本书，读者可以对径山茶的茶史、茶事、茶道、茶人有一个更深入的了解。当然，读完之后，你或许还会惊喜地发现，自己已经完成了从"喝"茶到"品"茶的进阶。如今，流淌在我们血液里的东西，其密码便藏于那些具体、鲜活的茶人与茶事当中。

一片径山茶，蕴藏着自然风土的奥秘，也呈现着人在万千生灵中面对自然的态度，它照见了日常生活的琐碎与烦恼，却永远柔和地引领着希望。这或许也很好地解释了很多人关于"茶何以禅"的疑问。

千年来,这一杯能代表人与自然的质朴关系、劳动的骄傲、收获的喜悦的径山禅茶,总能迸发出无穷的智慧、活力与求索精神。

在径山,茶已与山、水、禅融为一体。禅茶之道,是有生命的,而这份生命力源自径山茶的包容之美、平和之美、恬淡之美、朴素自然之美,是令人喜悦之美。

茶禅一味,宁静致远。

杭州市余杭区茶文化研究会会长

目　录

卷二

一叶之境

卷三

自在赏味

卷四

茶事春秋

卷一・山中有客

径山客

王亚

【径山客如陆羽苏轼,甚或我们,饮了禅茶之后,都终须各自回到生活里修自己的胜业。乃至径山茶,脱离枝茎后,也必将同其他径山客一样,向尘世流去,归入每一个人的生活里。】

我昔尝为径山客,至今诗笔余山色。(苏轼《送渊师归径山》)

1

初为径山客时,苏轼任杭州通判,尚未号"东坡"。

九百多年前的那个七月,苏轼与友人登径山,作《游径山》诗。

《游径山》是一首古风,写得着实好看,如彼时苏轼的书法。怎么说呢,就像通判苏轼在杭州写的一册《西湖诗卷》书帖。笔墨飞动,运势攲侧风流,是簪花的风流文人摇着折扇游西湖,眼见得水光山色竞秀争奇,柳岸花汀参差掩映。

内容上,《游径山》自然不同于《西湖诗卷》,开篇即有雄浑跌宕之感扑面而来。山是"势若骏马奔平川",更"下有万古蛟龙渊",开山祖师法钦结庵、收徒皆有神在,又有渊中老龙化身"雪眉老人"拜在座下"愿为弟子长参禅"。

看至此处,确乎与《西湖诗卷》帖参差相似,笔势如流,如锥画沙,好看又潇洒。不承想,前面宕得这样开阔,末尾八句收得竟有些——矫情。

　　有生共处覆载内,扰扰膏火同烹煎。

　　迩来愈觉世议隘,每到宽处差安便。

　　嗟余老矣百事废,却寻旧学心茫然。

　　问龙乞水归洗眼,欲看细字销残年。

膏火煎、世议隘、百事废、心茫然,简直牢骚过盛,颇有点像"二十三年弃置身"的刘禹锡了。尤其"余老矣""销残年",一股子垂暮之气,简直隔着诗句也能闻见"老人味"。实则苏通判只是因为不能认同新法,加之遭同僚倾轧,才自请出京,与刘禹锡的"弃置身"可谓天渊之别。而且这时他"年方"三十余岁,用时下的话来说,正是一个男子最好的年纪。

这,实在很不苏东坡。

好在径山有龙井水可以洗眼,有渊师谈禅,还有径山茶,可与师相对坐,斋罢一瓯茶。这足可把一个外来客留下来了。

苏轼与渊师在径山饮茶,大约是元人王蒙《煮茶图》的画意。

径山的山势必得晚年王蒙来摹,繁密的布局,繁复的皴法,扛鼎的笔力,这才能见径山的众峰齐聚、势若奔腾。径山也真是有王蒙《煮茶图》里群山的浑厚华滋之气呢,翠峦层层叠叠,茂林郁郁葱葱,简直元气纵横。两相比较之下,终于领会了苏轼初登径山时所见的跌宕感。

这样雄浑的山景之下,王蒙偏布局出一隅虚空,再以虚笔安置出茅舍一二、溪泉一道,茅檐下,又轻点二三啜茶人。再代入一下,戴幞头斜倚着的可以是苏轼,而渊师则于当中榻上端坐,一侧的小童子或小沙弥正候火煮水。

径山有点茶法,应该是苏轼在杭州试院煎茶的制式。"蟹眼已过鱼眼生,飕飕欲作松风鸣。蒙茸出磨细珠落,眩转绕瓯飞雪轻。"茶是细细研磨的末茶,炉上铫中正煮水,待蟹眼已过,鱼眼才生,将作"飕飕"松风声时,旋即舀出,倒入茶碗。这时,就操起茶筅打着旋地迅速击拂,直至茶瓯中雪沫轻浮。若要再雅致一点,还可以调一点茶膏,在雪白的浮沫上作一盏茶丹青。

有着王蒙画意的径山,以及蔚然深秀背景前安适的饮茶清谈,任是多少"矫情"也放下了吧。而且,他是苏轼啊。

次年,苏轼再登径山,仍旧取龙井水洗眼,听渊师传道,食寺中斋饭,也仍旧在层叠的山境中,饮径山茶。这回归去时,竟有了离情,感慨"此生更得几回来,从今有暇无辞数",仿佛人生谶语。

三上径山,作"我昔尝为径山客,至今诗笔余山色"时,已是六年以后,苏轼知湖州。时年六月,渊师来访,而后他亲送渊师归径山。《送渊师归径山》其实也是一首劝慰诗,渊师湖州此行,其实有意离开径山寺。苏轼劝慰道:"师住此山三十年,妙语应须得山骨。"又说湖州的六月正值梅雨季,云蒸水腾,湿热难当,更有"飞蚊猛捷如花鹰",最是羡慕径山的清凉与清净。末了两联是即事:"山中故人知我至,争来问讯今何似。为言百事不如人,两眼犹能书细字。"一问一答,竟有些禅意。

从"问龙乞水归洗眼,欲看细字销残年"的颓唐,至再游径山"灵水先除眼界花,清诗为洗心源浊"的洗眼涤心,此番苏轼已然不服老了。颇有些后来者关汉卿"恰不道'人到中年万事休',我怎肯虚度了春秋"的诙谐与倔强。三上径山后,也终究应验了当年那句谶语:"这一辈子还能来几次呢?"他再未能登上径山,却从未与径山断过牵系。

几度为"径山客"后,苏轼似乎完成了一次身心的洗涤。只不知一个月后面对御史台吏卒的锁拿时,这一场长达八年之久的洗涤,会不会成为他的"底气"。大约,会吧。

风波过后,"径山客"苏轼自号"东坡居士"。

2

"径山客"非独苏轼一人。

一千二百多年前,一名陆姓书生来到径山下。他自称相貌丑陋,譬如王粲、张载,又同司马相如和扬雄一样,有口吃之疾。

王粲、张载丑到了什么程度呢?王粲是"容状短小",一旦出现在人群中,"一座尽惊"。而张载更是丑出了一个"投石满载"的典故,据说他乘车上街,路边孩童见他丑陋,纷纷投掷石头,以致张载回家时满车石块。"貌寝"至此的二人,其实一个是"建安七子"之一,一个是西晋文学界著名的"三张"之首,而结巴的司马相如和扬雄更是名声如雷贯耳的辞赋大家。

这位貌陋口吃的陆姓书生,后来也蜚声于世。他姓陆,名羽,字鸿渐,彼时结庐于苕溪之湄。

陆羽隐居的苕溪所在有些争议。一说在湖州,因为苕溪畔顾渚村有紫笋茶。另一说就是在径山了,苕溪也流经径山，山下有苕溪村，还有陆羽泉。《余杭县志》有记载："唐陆鸿渐隐居苕霅，著《茶经》其地，常用此泉烹茶。"应该错不了了。

客居在苕溪的陆羽除却闭门著《茶经》，还常常棹一叶扁舟就去了径山寺，与名僧高士谈宴永日。苕溪上，山野间，若见一个头戴纱巾，脚蹬藤鞋，身披短褐衫，下着犊鼻裤的山人，就是陆处士了。独处时，他便在山间流连徘徊，诵佛经，吟古诗，以杖击林木，伸手弄流水。自清晨出门，至天黑尽了兴也尽了，才号呼而归，如同楚狂接舆，简直是李太白那句"我本楚狂人，凤歌笑孔丘"的情景再现。怪不得当初诗僧皎然会那么多次"访陆处士不遇"，还幽幽地埋怨："何山赏春茗，何处弄春泉？莫是沧浪子，悠悠一钓船？"

更多的时候，陆羽自然还是在山下泉边著书烹茶。

有别于苏轼渊师点茶的山境，陆处士烹茶是另一位元人赵原《陆羽烹茶图》的画意，清远秀逸。若说王蒙的《煮茶图》呈现出来的更多是元人的"远遁"，赵原此画呈现的就是"闲隐"，正合陆羽心境。

《陆羽烹茶图》画面布局疏朗，有远山有近水，山清远,水清阔,有着一种看似着意经营,实则空灵虚旷的自然感,全不是王蒙的"峰峦如聚、波涛如怒"。

画面前景近水平阔处,草树丛生,有草庐一座掩映其间,庐外更有通幽曲径延伸至山中,也是一隐。茅檐下座中两人,一人扶膝箕踞榻上,一童子头顶两个抓髻在侧扇风炉候松声。榻上那位自然是陆羽,只是画家给他饰以峨冠博带,与随性的坐姿全不相配。山中饮茶的陆羽即便不是山人打扮,也该布衣幞巾,方得自在。

画左题诗倒是自在:山中茅屋是谁家,兀坐闲吟到日斜。俗客不来山鸟散,呼童汲水煮新茶。

这才该是陆羽的闲隐,空山幽人,泉石烟霞,松下筑室,烹茶著书。幸得逍遥。

除开陆羽的峨冠博带,画中更有两处"画蛇添足"的题诗,糟蹋了好意境。画右上角是乾隆御笔:"古弁先生茅屋闲,课僮煮名雪云间。前溪不教浮烟艇,衡泌栖迟绝往还。"诗与字都透着繁丽,仿佛拿着界尺一点点界画琢磨而出,于是乎画面上亭阁精美、花团锦簇,只合皇帝老子游冶。一派俗套的端庄,终不生动。

画中还有落款"窥斑"的题诗，字乏善可陈，诗也稍显刻意。诗句如下：

> 睡起山斋渴思长，呼童剪茗涤枯肠。
>
> 软尘落碾龙团绿，活水翻铛蟹眼黄。
>
> 耳底雷鸣轻着韵，鼻端风过细闻香。
>
> 一瓯洗得双瞳豁，饱玩茗溪云水乡。

就是捡拾起前人陈词，堆叠而成。"软尘落碾龙团绿，活水翻铛蟹眼黄"一句，甚至不太可能是写陆羽烹茶，因为龙团是宋代才有的圆饼形压制茶。此境大概须苏轼与渊师来演，一饼小龙团，小火炙过，拿茶臼轻轻捣碎，继而轻动石茶碾，飞起绿尘埃，再用茶罗细细筛过。这才以活火活水来烹茶。

哎呀，怎么也没人劝住乾隆们，且免了这附庸风雅罢。

陆羽怎么煮茶呢？参照《茶经》"五之煮"，程式是这样：先小火炙茶，不停翻动，直至茶饼突起像虾蟆背，然后离火五寸，令它舒展，再依前法炙茶；炙过的茶略蒸一蒸，再使茶臼来捣，捣碎后又炙，以纸袋包裹，再隔纸碾碎；煮

茶最好用炭,其次是火力强一些的木柴,不可用"劳薪";
水则"山水上,江水中,井水下",要涓涓慢流的水,而不能
用湍急水流中的水;煮水只三沸,沸如鱼目,如涌泉连珠,
如腾波鼓浪,三沸之后就不可食也;水始沸时,须在茶中
调以盐味,二沸后用竹箕击拂,三沸形成沫饽,也就是"汤
之华";这就分茶至碗中,令浮沫均匀;一般煮水一升,酌
分五碗,趁热连饮。

原来,陆羽的时代煮茶是要放盐来调味的。难怪古
代俗语说,开门七件事,柴米油盐酱醋茶。

客居径山的陆羽也终究"走"远了。幸好留下了径山
茶、陆羽泉,可供人们依稀访些踪迹。

3

那日,我们一群外来客到径山。访陆鸿渐,不遇。访
苏东坡,自然也不遇。

也并非完全不遇,我们遇见了两眼泉。陆羽泉在径
山下的双溪,苏轼洗眼的龙井在径山寺中。我学苏轼,接

龙井水洗了眼睛，只觉睛明眼亮。又在旁边村里尝试了一次如宋徽宗《文会图》一般的径山茶宴。

《文会图》画的是雅聚，典型宋徽宗式华美的精工细作，园苑草木、曲水雕栏。古树之下，巨案当中，案上盘碟酒卮茶瓶碗盏一一铺陈，九名文士围坐宴饮，各具姿态，皆容貌清隽、悠然自适。柳树下又有一张琴案，案上琴囊才解，香炉炙香，瑶琴歇，炉烟杳。一旁还置二三茶桌，风炉、铁釜、汤瓶、茶箱、茶碾、水方……《茶经》"四之器"中的用具几乎一应俱全。又有侍者七八人，或托盏，或舀水，或揩拭，或执瓶，或点茶。又有二倚树倾谈者。

再看我们，座中竟也九人，旧雨新知同入彀。清俊的、儒雅的、稚拙的、瘦削的、素净的……不一而足。周遭有茶挂，有插花，也有人煮水，有人烫盏，有人调膏，有人端瓶倒水，有人执筅击拂……也都清雅静气。除却茶桌不如宋徽宗的螺钿漆案精美富丽，茶境与《文会图》几乎如出一辙。

径山茶宴是宋人遗风，由文人雅会转为寺庙清饮，得了禅机。又从宋走到如今，也经径山传至海外，在日本的寺院禅堂落地开花，成为日本茶道之宗。

径山茶宴的茶与宴都源出径山寺。寺庙开山祖师法钦禅师在喝石岩种茶，用小缶贮之以馈人。茶宴也由唐至宋，依时如法，和洽圆融，一直流传。这大约也是陆羽、苏轼这般的"径山客"于此流连的因由之一吧？后来者亦如是。

茶宴用茶，是径山独有的青绿末茶。于是习径山点茶。茶粉在我们手中被调成青绿的茶膏，我们不断击拂，茶汤青绿，浮沫青白。一抬眼，窗外山上茶园，一道一道，绿得极鲜极润，似乎与盏中绿两相呼应。茶行尽头尚有一树，不知是梨花还是樱花，如青绿茶汤上的一抹云脚。

茶宴饮毕，登径山寺时，已近黄昏。远远看去，山际烟霭渐生，一程青山，一程烟。车行至径山寺外，天已黑尽，星子满布，禅院佛塔影影绰绰。

是夜，我们在寺外水边凉亭中饮酒清谈，也算全了《文会图》的"酒会"。唯不敢高声语，恐惊寺中人。

持盏，微笑，低语，一杯一杯复一杯。偶尔兴致起时，声量略高，偷偷瞥一眼一墙之隔的庙宇，赶紧吞落一口酒，又窃笑着收了声。

酒至酣畅，幽赏未已，月也到了中天。春山在望，春月相照，塔院阁影，一切澄明。一时松风徐来，寺中檐铃清音微作，人也飘飘若仙起来，直欲手之舞之足之蹈之。当此际，清风明月皆在怀，差点以为像王质一般误入了一回仙境，光阴不与世间同。

不知是谁踢下落石，有鸟雀从池边惊起，哗啦啦将"幻境"划破了，竟似神仙訇然一声断喝，饮酒人从天界跌落，看看手中盏桌上箸，幸而未烂。再看一眼月下塔影，更确定还是寺外客，不是天上人。

恍惚间生出些慨叹：天地如逆旅，谁又不是过客呢？

做客径山后，我带回一些径山绿茶。与当下常见的炒青绿茶不一样，径山绿茶是烘青茶。也因烘青一法，径山的青绿得以驻留了下来，于是汤色清明。又因比炒青茶多了一道回潮工序，虽是绿茶，却多了一丝轻浅的酵香。鲜馥的，是笼着的幽兰。这香气须遇水才发，经由唇齿喉舌，在肚腹里滚一遭，再从肌肤逸散开去，仍有些许青绿的幽渺。

到家次日，略有些慵懒。午后，睡起，一连喝了三碗茶，终于回了魂，醒了混沌。茶还是径山茶，用的玳瑁釉天目大茶碗，一碗饮尽，再饮一碗。三碗下来，突然有了羞愧，这样的牛饮，有违径山禅意吧。

又一想，径山禅怎么就不能散作生活禅呢？径山客如陆羽苏轼，甚或我们，饮了禅茶之后，都终须各自回到生活里修自己的胜业。乃至径山茶，脱离枝茎后，也必将同其他径山客一样，向尘世流去，归入每一个人的生活里。

想起那首禅偈："今日示尔修道法，即在吃饭穿衣间，一言说破无别事，饥来吃食困来眠。"这也是径山禅茶的示见吧。

山寺与雪月

周华诚

【一杯径山茶，在夜色里飘荡出茶香。吃茶其实宜于夜间，大概夜色遮蔽了白日的纷纷扰扰，能够让人更沉静地面对那些幽微的事物。】

1

以前读曹聚仁的一篇文章，说在香港上环德辅道附近某条街上有一家陆羽茶室，很有名。"在香港说，这家茶室的茶最好，也最贵。至于陆羽自己来喝，怎么说，我就不敢说了。"他又说，在广州也有一家陆羽茶室，规模很大。

陆羽自从成为"茶圣"之后，凡出茶处，必谈及他。开个茶馆,倘若有幸冠以陆羽之名,想必茶是坏不到哪里去的,否则陆羽情何以堪。陆羽对饮茶之人的号召力与震撼力由此可知。不只是茶馆,凡与茶相关的,都希望跟陆羽牵上一丝关系才好。曹先生说,他曾旅居赣东上饶,城北有茶山寺,说是陆羽隐居之地,寺中有一口陆羽泉。

陆羽隐居之地不止一处,陆羽泉也不止一处。到径山去,就先去寻一处陆羽泉。

唐朝至德元年(756),陆羽隐居在径山附近的苕溪写作《茶经》。具体隐居在哪里,终是不太明确。陆羽要在隐居的地方煮茶,自然要有一眼清泉,于是人们就把那泉叫作"陆羽泉"。

陆羽是湖北竟陵人,自号竟陵子。他在三十多岁时,因安史之乱,随关中难民南下,过着游方僧的生活,一路走到了径山来。

明代嘉靖年间的《余杭县志》载:陆羽泉在县西北三十五里,吴山界双溪路侧,广二尺许,深不盈尺,大旱不竭,味极清冽……唐陆鸿渐,隐居苕霅,著《茶经》其地,常用此泉烹茶,品其名次,以为甘冽清香,中泠、惠泉而下,此为竟爽云。

陆羽平生嗜茶,一路所到之处,都要煮茶来吃。他对煮茶之水是极为看重的,说"山水上,江水中,井水下",又撰写了一篇《水品》,给天下名泉弄了一个排行榜,分出了二十品,这篇文章被转记在同时代文人张又新的《煎茶水记》里。

"庐山康王谷水帘水第一,无锡惠山寺石泉水第二,蕲州兰溪石下水第三,峡州扇子山下有石突然,泄水独清冷,状如龟形,俗云虾蟆口,水第四,苏州虎丘寺石泉水第五,庐山招贤寺下方桥潭水第六,扬子江南零水第七,洪州西山西东瀑布水第八,唐州柏岩县淮水源第九,庐州龙池山头水第十,丹阳县观音寺水第十一,扬州大明寺水第十二,汉江金州上游中零水第十三,归州玉虚洞下香溪水第十四,商州武关西洛水第十五,吴松江水第十六,天台山西南峰千丈瀑布水第十七,郴州圆泉水第十八,桐庐严陵滩水第十九,雪水第二十。"

我之所以要不厌其烦地列举这些名泉的位次,实在只是为了证明径山这一眼陆羽泉的非同一般。其原因在于陆羽遍品天下名泉之后,对于自己居住地的烹茶泉水,当不会敷衍将就。一个茶人,对于水的要求,几乎到了苛刻的地步。

比方说，上文中排第七的"扬子江南零水"，陆羽与之还有一段传说。

南零水又叫中泠泉，位于江苏镇江的金山。这泉很神奇，江水涨的时候就被江水所覆，泉出于江心，泉水涌出，即是江心水。有一次，御史大夫李季卿碰到陆羽，李慕陆名，相约同行，泊于扬子驿。李说，今天碰到陆君，我听说扬子江南零水殊绝，这两样妙事碰到一起，真是千载一遇，我们来煮茶吧。于是，他让人去取南零水。过了半天，人取水而至。陆羽用勺子舀水，说，这水是扬子江的水，但不是南零水，似乎是临岸之水。取水者说，我驱舟深入江心，过百人亲眼见到，我怎敢说谎？陆羽不言。等到他倾水约半盆，陆羽阻止，又取一勺，说，这以下，都是南零水了。取水人大骇，只好坦言，归来途中船舟动荡，取来的水不小心倒掉了一半，担心水不够，就从岸边取水加满了。

陆羽的鉴水技能，神乎其技。由此可知，泉的好坏，对于茶人来讲，是一件非常要紧的事。茶与泉，一直是相得益彰的，有好泉才泡得出好茶，有好茶才显得出好泉。

有一次，我在桐庐严子陵钓台，见得一眼方泉边立着一块碑，碑上题曰"天下第十九泉"。泉边还有一座陆羽的石像。钓台之水，清澄明净，品来有甘味，我想在此山林之间烹泉煮茗、信手垂钓，将是何等快事。

径山的陆羽泉，在今天的陆羽公园南端小院内。大樟树下，有一口由卵石砌成的古井，井分内外两口，里面的井口为方形，即为陆羽泉。井水深不盈尺，清澈明亮。井边有一大石碑，上有沙孟海题写的"陆羽泉"三字。在井的南面，有三间泥墙茅草屋，内有厅堂、灶房、卧室，曰"苕溪草堂"。

想象一下，陆羽在此隐居著经，取水煎茶，与名僧高士对饮高谈。陆羽在自传里说："常扁舟往来山寺，随身惟纱巾、藤鞋、短褐、犊鼻。往往独行野中，诵佛经，吟古诗，杖击林木，手弄流水，夷犹徘徊，自曙达暮，至日黑兴尽，号泣而归。故楚人相谓，陆子盖今之接舆也。"

陆羽在此撰写了世上第一部茶学专著《茶经》，详细阐述了茶叶的种类、特点、制作方法、冲饮器具、冲饮技巧以及茶道精神等，对后世的茶文化产生了深远的影响。

访了陆羽泉，再上山去径山万寿禅寺访高僧。我记得甲辰正月十八日，我上径山，遇到五十年未遇的冰淞奇观，整座径山宛如一个冰雪世界。到了下午，阳光温暖，冰雪融化。万寿禅寺大殿屋顶上的积雪消融，大块大块的冰雪沿着屋脊下滑，落地时轰然作响，声音此起彼伏，甚为恢宏。

我当时想到，这是陆羽评定煎茶之水的第二十品——若能取雪水烹煮，再泡径山禅茶，饮这一杯茶，心中会有多么悠远的意境！

2

径山茶，龙井茶，并称杭州的茶叶双姝，日月同辉，湖山对望。

很多人喝茶都很讲究，譬如讲龙井茶时，哪些茶园产的才称得上真正的西湖龙井，哪些算是杭州龙井，哪些就只能称作浙江龙井了，都有一番说道。严格来讲，龙井茶，是指一种用扁形绿茶制作工艺制作的产品。又譬如讲径山茶，虽然径山茶也是一种绿茶，但真要喝它，则应该喝出它的意境来，如果喝不出径山茶的意境，则径山茶似乎也就泯然于众绿茶也。

在我看来，径山茶是有"境"的。径山茶的境，首先是文化之境。

讲到径山茶，最重要的故事，要从一千二百多年前讲起。那时唐代法钦禅师在径山之巅开山种茶，青灯古佛，念经吃茶，时间流逝中，慢慢形成了径山茶的禅茶一味。法钦禅师手植的茶树，生生不息，传之后世。到了宋代，苏东坡三上径山，他每一次上径山，都写下好多首诗。有一次，澄慧禅师一度打算离开径山寺，并将想法告诉了苏东坡。苏东坡那时是在湖州任知州，写诗赠澄慧，开头四句是："我昔尝为径山客，至今诗笔余山色。师住此山三十年，妙语应须得山骨。"对于径山之好，苏东坡的诗有着不容置疑的说服力，"至今诗笔余山色"，这径山是有魔力的地方。经他一诗相劝，澄慧遂留在了径山，坚守菩提，直至终年。

径山茶的境，其次是东方之境。

我们去径山，时常能听到村民说，径山茶可牛了，它是"人类非遗"。这句话里，藏着村民们的自豪。是的，径山寺是南宋江南五山十刹之首，当时寺中流传着一种茶礼，这种吃茶的方式，成为寺中活动与社会交往的重要呈现方式。

"径山茶宴"从径山传到日本，才有了后来的日本茶道。1235年，日本僧人圆尔辨圆入宋求法，来到径山寺学习佛法，学成归国时，他带去了宋书千卷，也把径山的禅法和茶礼带到了日本。圆尔先后创立了崇福寺、承天寺、东福寺三座大刹，还将径山茶的种子种在了他的老家静冈县安倍郡足久保村。他用在中国学到的宋代点茶技艺，制作出了日本抹茶，日本人称其为"本山茶"。而在静冈，中国径山的名字被久久传颂，从未断绝。

南宋禅院的茶礼，在整个镰仓时代不断地传入日本，扎根于日本禅院中，再没有发生大的变化。后来，曾在大德寺参禅的村田珠光、武野绍鸥、千利休等大师，结合禅院茶礼，开创了日本茶道。可以说，径山万寿禅寺的茶礼，就是日本茶道的源头。

时至今日，日本的一些禅宗寺院，如东福寺、圆觉寺、建仁寺、建长寺等，仍然保留着一种在开山祖师忌日点茶供奉的仪式，名为"四头茶礼"。在日本京都大德寺以及美国波士顿美术馆等地收藏的《五百罗汉图》中,形象地展示了南宋时期禅院中的僧堂生活、法事仪式及点茶吃茶的情景。

20世纪80年代起,浙江茶界的有识之士试图恢复"径山茶宴"这一传统仪式。2022年11月29日,"中国传统制茶技艺及其相关习俗"通过评审,正式列入联合国教科文组织人类非物质文化遗产代表作名录。其中,杭州的两项国家级非遗项目——西湖龙井制作技艺、径山茶宴,分别作为"中国传统制茶技艺及其相关习俗"的重要组成部分,双双入选名录。

癸卯深秋,我到日本京都访茶,在东福寺游览时,不时可以见到当年径山寺流传过去的珍贵文化遗存;在京都最古老的草庵茶室,妙喜庵中的待庵,这个由千利休留下的唯一茶室中,深入感受茶和茶人的美学精神;还在宇治老街的"三星园上林三入"茶铺,体验了日本的点茶技艺。在这些茶的行旅之中,心中觉得异常亲切:近千年前从径山寺出发的茶之精神,在整个东方世界传扬、光大,成为东方文化的精神血脉,源远流长地滋养后世。一座径山寺,深远地影响了东方的美学、文学、书画、建筑、陶艺、饮食、茶道等众多艺术领域。从径山向外的这一条小路，是一条文化之径，实际上也是一条中华文明传播的大道。

径山茶的境，还有通透之境。

在径山吃茶，常能听到一句话："天下禅茶出径山，一杯通透在人间。""通透"二字，不仅是讲茶，也是讲别的东西，如生活态度、人生态度。想当年，径山茶出自寺中，与高僧晨昏相伴，禅茶之意，便是出自禅宗与茶道深厚的历史底蕴。

春之三月，我们在径山参加开茶节，众人跟随采茶僧人一道，于茶山各处出坡采茶，再循茶路，去祖塔、御碑亭、道渊亭、山门照壁、五凤山门等处行走，最后，在寺院内坐下来，静静品饮一杯径山春茶，感受深厚的禅茶意境。

所谓"禅茶一味"，茶是草木灵芽，禅是心之顿悟。喝一杯径山茶，其实是　次对美的事物的追寻，是一次宁静的审美行动。千利休说，只向美好的事物低头。

喝茶的时候，看着叶子在水中沉浮、起舞，内心的很多烦恼渐渐放下了，变得一片澄澈。看杯中春意盎然，茶烟升起,此时心中便有一座茶山,天地之间,云水纯净,袅袅梵音,缕缕茶香,皆入得心来,成了一团宁静祥和。再细细啜饮茶汤,各种美好的情意在心中生长,感激上苍的赐予,亦感激万千机缘,汇聚于当下珍贵的一刻,自当无比珍惜才是。

天下禅茶出径山,一杯通透在人间。诚哉斯言。

3

夜深未眠,友人相邀出门走走。

我们下榻于径山上的禅茶中心,白天喧闹不已,到了晚间却寂静得很。室外清凉,有几株高大的樱花树,在夜色之中,满树花与地上影重重叠叠,比白日所见更添了一层意境。风来之时,樱花瓣飘落,让人忍不住在心中惊呼。

就这样悄悄走了一会儿,走到湖边坐下来,与友人一起吃茶,也一起饮酒。

这个地方与径山寺只一墙之隔,抬头可见一轮明月高挂，令人想起"僧敲月下门"的情景，而幽静的氛围愈加明显了。

一杯径山茶，在夜色里飘荡出茶香。吃茶其实宜于夜间，大概夜色遮蔽了白日的纷纷扰扰，能够让人更沉静地面对那些幽微的事物。白居易说："山寺月中寻桂子，郡亭枕上看潮头。"杭州的秋日夜晚，有许多美好的事物，缥缈的花香会更加清晰，远处依稀的潮声也更加明确，而此时此刻，内心深处一些飘忽不定、模糊不清的想法，也会变得笃定。

在径山寺外吃茶，也饮酒。饮酒宜喧，吃茶宜静。我等既茶且酒，动静相宜，妙哉妙哉。胡烟绝不碰酒，只是吃茶。王亚湘妹子，茶也来得，酒也来得。七八子，水边闲坐，明月高照，不敢高声语，恐惊山中人。

此时，我便想起千利休点茶的经典一幕来。织田信长久闻茶人千利休的大名，要见识他的茶道。这一场茶会，人人都恨不得拿出最好的宝贝来取悦织田信长。而千利休偏偏姗姗来迟。这已经算是不礼貌了，他还只带了一个平淡无奇的漆器盘子。众人见了，不由地嘲笑起来。千利休对此视而不见，只是做自己的事。他把茶室朝向庭院的门拉开，望了望天空，将带来的漆器盘子摆好，从怀中取出竹筒，将筒中的水缓缓倾入盘中。然后，他再请织田信长上前观看。

织田信长正疑惑不解，此时上前一看，顿时明白了——那黑色的漆器盘里，倒映了一轮明月。

皎洁的月光在水中微微晃动，这一刻的美，简直摄人心魄。

茶道是什么？乃是美呀。

对于美的发现，需要有不一样审美的眼睛。有一些美藏得极深，也极隐约，倘若没人指出，大多数世间的人并不一定能看见。这就是艺术家的事情了，他看见美并且指认出来，于是，世间才多了这一道美的风景，人人心中才多了一重对美的认知。同样是寺中之月，苏东坡在黄州的承天寺，也见到了一重幽微的美——

"元丰六年十月十二日夜，解衣欲睡，月色入户，欣然起行。念无与为乐者，遂至承天寺寻张怀民。怀民亦未寝，相与步于中庭。庭下如积水空明，水中藻、荇交横，盖竹柏影也。何夜无月？何处无竹柏？但少闲人如吾两人者耳。"

　　我曾许多次读这一段话，觉得苏东坡所见，与千利休所见，何尝不是同一轮明月？两个人似乎隔空相见了。

　　苏东坡爱茶，一辈子写了几十首关于茶的诗词，很多句子流传甚广。"雪沫乳花浮午盏，蓼芽蒿笋试春盘。人间有味是清欢。""休对故人思故国，且将新火试新茶。诗酒趁年华。""蟹眼已过鱼眼生，飕飕欲作松风鸣。"太多了。这个大文豪自己种茶、煎茶、吃茶，对茶的理解也到了幽微的地步。吃茶哪里只是吃茶，更是对吃茶之美的审美实践。

　　感谢像法钦、陆羽、苏东坡、千利休这样的许多的茶人和文人——他们在一片空白之地、荒凉之处，种下茶树，采摘神奇的树叶，做成饮品来喝；他们更在点茶时茶汤泛起的白沫里，看见人间有味是清欢，在平淡无奇的水盘中，看见一轮隐约的月亮。那是动人心魄的遇见啊。在那之后，无数的世人，只要再端起一杯茶来，心中便不再荒凉了，因那里早已充盈了丰富又宁静的美。早有一枚月亮，升在我们的心中，让那些拥有无尽的美的事物，能够穿越漫长的光阴，来到我们的面前。

茶事绵延

王恺

【这个茶的宇宙从何而来？我们短暂一瞥，只看到旖旎的风光，真正的径山寺的茶宴之本源，大概还是要到书本和巡游中去寻找。】

在去径山喝茶之前，我曾经无数次接近又错过径山，说来奇怪，并不是难以抵达的山，却一直没有找到机会前往。

1

最早知道径山，是十年前，在杭州拜访收藏家时偶然听说此山。藏家是位传奇人物，最传奇的，就是在建筑工地上找到若干曜变天目盏的残片，并且拼凑成一个近乎完整的宋盏，当时他还没有与博物馆合作，这个传说中的天目盏，如今就藏在他位于杭州河坊街的工作室里。我托了朋友介绍，专门去看这个虽然残缺，但据说非常精美的盏。

这时候才知道，他的收藏生涯非常长久，多年来一直委托各个工地的负责人，如果挖掘的时候发现了什么值得注意的物件，不要轻易抛弃，而是送到他这里，让他先过目一下，看是不是值得收藏的文物，这件物品就是这么得来的。这只盏得来并不容易，不是从一人手中来的，而是从数人手里集中起碎片，拼凑成现在的样子。一个残缺的宋盏，也许故事讲出来会变成"工地上搜集来的残片的故事"，殊不知，这搜集过程是二十年。盏是怎么变成了碎片，就不得而知了，照道理来说，如此珍贵的美物，是不会轻易打碎的。也许是打碎后舍不得丢弃才小心翼翼埋起来的？没有人能说出真相。

老人家大方，让我们上手。捧着残盏，从不同的角度观看，只见碗壁内宝光灼灼，暗蓝色的底釉不时反射出自然光，更增加了神秘的光泽，难怪说从曜变天目里可以看到宇宙之光。如今，曜变天目盏在日本已成国宝，珍藏在各大博物馆里，国内没有留存一件完整的曜变天目盏，只有这只残件，能捧在手中细细观赏，不能不说是一种缘分。

盏不大，正好捧在手心，在南宋，它应该也是茶盏。双手捧盏，将暗沉的茶汤一饮而尽，是一种爽利而自然的饮用方法。谁是这只盏曾经的主人，我们不得而知。只知道，这个盏来自深埋南宋宫廷的地底某处，并不是一件随便的器物，由此，关于南宋宫廷中是否使用建盏的讨论也可以得到答案了。

观完盏，主人说送我们一件礼物，我们每人都得到一个小盏，上面是酱色釉，下面有丝丝缕缕的兔毫，底足仿照宋朝做盏的方式立坯，上面刻着"径山"二字。说来真是不好意思，这是我第一次听说径山。原来这个小盏，是老先生为径山茶宴定制的仿宋盏。何谓径山茶宴？我一点不知道，也没有多大好奇心。我和径山的第一次缘分就这么消失了，本可以就此走进径山，体会一下径山茶宴，但我自己没有深究下去。

杭州被称为"中国茶都"，但龙井茶之名太过响亮，相比之下，清末民国时期停产过一段时间的径山茶，就少为人所知了。虽然近些年已经恢复生产，但径山茶还是不如龙井茶名头响亮。径山成为深藏于名山中的一个传奇，暂时还没到让我们彻底了解的地步。

2

随着爱茶人的增多，以径山寺为核心的径山茶，以及径山茶体验活动，成为我身边很多朋友常谈论的"茶事生活"。北京做茶课堂的朋友，请客会用到径山茶；还有媒体朋友说，他在径山寺参加了一次茶事活动；手头也有朋友送的小罐径山茶，鲜嫩的叶子，浸泡出来的茶汤清香。但因为手里的茶多，就觉得这是一种清心明目的绿茶，小品种，比较有趣，如此而已，对径山茶的悠久历史，还是未能参详，不得而知。

没想到，今年，与径山茶的缘分终于到了，居然先后两次上径山寺访茶。先说第二次。为什么呢？大约是实在让人印象深刻——是凌晨上到径山寺的山门前，开始饮用黎明之茶。帮助人打开五感的茶席，确实应该在这个寺院举行，才算地道。

举办这个茶会的是我的一位台湾朋友，茶人解致璋老师。解老师多年来一直和学生在各地举办茶会，之前我参加过她在台北食养山房以及苏州艺圃开办的茶会，有的风雅清丽，有的肃穆安详。印象最深的，是在杭州净慈寺的一次茶会，凌晨四点开始，大家都默默等待天光发亮，并无一人多语。最后看到晨光在白墙上闪烁，冲茶的沸水的白烟也在黎明逐渐清晰，整个人都苏醒过来，是一次难忘的记忆。

这次在杭州径山寺的茶会，本以为也像在净慈寺时一样，会在四五点开始，没有想到，因为山上住宿困难，所以大部分人只能住在山下酒店，并且凌晨两点半就要坐车上山，很多人选择了熬夜等待。我觉得还是要浅眠一下，闹钟定在两点，被惊醒的时候还是迷糊的，上了车一样不清醒。车行驶在暗沉沉的小路上，山路上一点光也无。径山到底远在杭州郊区，这里的夜色并没有被灯光污染，但也正因为如此，夜色似乎能吞没我们的车，我们渺小的几个人，越往山上走，这种感觉就越为强烈。径山被称为"江南五山十刹之首"，并不是虚言，这确实是一座莽苍苍的大山。

第一次来径山，是今年春天，风光旖旎的"人间四月天"，四处都是白得像雪的樱花，或者繁华的桃花、李花，而此时的径山，基本上什么都看不到，只能借着车灯以及不断转弯的道路，判断出来我们进山了。走在盘山公路上，偶尔掠过车窗的树枝噼啪作响，车灯所向之处，最多的是竹林，密密麻麻，这里离著名的安吉竹海确实不远。行车路上，茶园倒是一点看不到，大概是因为山高林密，而茶树矮小，藏于密林之间。当然我们知道，正是这样的茶园，才能出品好茶。

唐代，径山寺初立，按照嘉庆《余杭县志》的记载，天宝初，国一禅师法钦来径山结庵建寺，之后手植茶树数株，采摘之以供佛，没想到过了几年就满山满谷皆是，其味鲜芳，特异他产。这也是径山茶的由来，由于这里土质疏松，土壤中各种原生矿物质含量丰富，加上降水量大，散射光多，这里的茶叶具有内在的优异品质，在北宋就已经被评选为名茶。这里属于天目山脉，很多诗人还在此地参与过茶事活动，与陆羽有交往的诗僧皎然就写过数首在天目山饮茶的诗，如："喜见幽人会，初开野客茶。日成东井叶，露采北山芽。"也不知道他喝的是不是就是径山的茶。想起第一次来径山寺时看到的茶园，因为山高林密，所以倒不觉得这些茶园有很多人工痕迹，当然这不可能是北宋老丛，径山茶在清末民初时一度衰落，这些茶园多是近年新开垦的，但因为自然环境的优越，这里的绿茶很是幽香动人。

那一夜，到了寺院之内，看到了满地的烛光，原来这是带我们去往径山茶会的指引。"今夕复何夕，共此灯烛光。"顺着烛光走，半夜的困倦逐渐消散，尤其是看到山门前席地而坐准备茶席的解老师的学生们的时候，精神一振，终于在还没有喝到茶的时候，就彻底清醒了，这是扑面而来的径山茶之意啊。参加过多次解致璋老师的茶会，知道每个茶席的美，也知道每个茶主人的用心之深，忍不住在不同茶席面前慢慢流连：有的用玻璃器皿做点缀，剔透晶莹；有的用台湾晓芳窑出产的茶器，端庄大方。茶主人分别泡不同的茶，以台湾茶为主，这也是解老师和学生们举办的茶会的特点，可惜没有用径山茶。但转念一想，当年的径山茶，不也是做成抹茶形态，并非今日之绿茶形状的吗？茶之轮回，里面包含了时间的秘密，我们不用多计较。

　　尚在观看，突然听到寺院的晨钟响起，此刻天还黑着，虽然我们在山顶，也是一点阳光不见，只靠满地烛光和大殿前的灯光照明，可寺院的早课已经开启，所以有如此激昂的鼓点。对，激昂，没想到径山寺的晨鼓如此之悠长。我也算去过若干寺院，但从来都觉得鼓声庄重，而径山寺的不同，非常之响亮，响亮之外，还特别悠长，不知不觉听得呆了。相识的茶主人告诉我，她们在此地已经几天，看到的敲鼓的师父们，都是瘦且清秀的，她们也惊诧于这些看上去并不健壮的僧人们，居然有这样的劲。

　　终于在花香中开始饮茶，每个茶席上都布置了不止一束鲜花。鲜花和茶，本来都是供佛之物，现在被我们这些俗人享用，我只觉得自己幸运。热而清澈的乌龙茶入喉，人渐渐通透。待第一缕天光出现在径山寺山门前的大松树顶，已经是清晨。想到自己看的资料，其实一直到清末民初，径山寺的"茶宴"都还在持续，而且记载颇为翔实，有一整套完整的仪轨，从献茶开始，闻香、观色、尝味、论茶，再到交谈。当时是在陈设整洁并配有诗、画、盆花的明月堂举行。

径山茶宴自唐开始,持续到清末民初,虽然历代规模不一,仪轨不同,但精神还是相承的。我们现在也依然享受这一脉流传的优雅精神,只不过更世俗,缺乏《禅院清规》里面的庄重,但总是风雅之事。

说回第一次来径山寺的经历,那是在春天,同样是参加径山茶宴。"宴"自让人迷惑,总觉得是吃喝,实际上,古典的径山茶宴不是吃喝聚会,而仅仅是茶的盛事,现在的茶宴,是山脚下的径山旅游部门模仿古典茶宴举办的世俗茶会。正好是春天,一路上鲜花环绕,走至举办茶宴的地方,却是一张会议室的长桌,每人面前放一杯今年的径山春茶,还有打成抹茶的径山茶粉,还提供了一个仿宋茶盏,以及茶筅,供来宾体验一下极具古典审美的茶游戏,甚至还备有不同颜色的茶粉,可以在打好的抹茶上面作画。心灵手巧者纷纷玩起来。不多时,一碗碗抹茶端出来,或清苦,或淡香,颇能考验每个人的动手能力。这游戏是径山流传了几百年的仪轨,这仪轨中,应该是有一个闭环的宇宙,可惜我们未经苦练,暂时是进不去的。

上到山顶,正逢当年的春茶采摘,灰袍僧侣们排成长队,上山采茶。径山寺这些年在规模上扩张不少,估计很多僧侣也是新人，未必经过良好的采茶培训，以至于在那里审视摘回茶叶的老僧人不时皱眉，应是某些年轻僧人采摘的茶不够好。这位老僧，如果在过去，应该也能算作径山寺的茶头之一，对茶的认真，是发自内心的本能态度。

这个茶的宇宙从何而来？我们短暂一瞥，只看到旖旎的风光，真正的径山寺的茶宴之本源，大概还是要到书本和巡游中去寻找。

3

真正理解径山茶，还是在去日本之后。说来奇怪，兜兜转转，去到大海另一边的邻邦，回看我们的茶世界，才能发现，原来我们径山的茶世界，如此悠远。

去日本京都访茶，少不了去京都的建仁寺，日本茶道历史上著名的荣西和尚曾经做过这里的住持，所以这里保持着日本古老的，从宋代寺院传来的饮茶模式。穿着正式紫袍的方丈说，我们的茶道，完全来自宋代的浙江寺院,原来荣西和尚在南宋时期,曾两次去中国,基本都在浙江沿海,有明确的记载说他在天台山学习过。天目山一带的寺院,他应该也屡次拜访过。

他回日本的时候,不仅带回了禅宗的教义,还带回了茶种。虽然之前的唐代,日本就有高僧来中国,但他们带回去的是茶叶,并且仅限于奉献给天皇以及少数贵族饮用,荣西禅师的贡献是将茶树的种子带回了日本。现在去日本的高山寺,很多人除了看红叶满山之外,更重要的是看高山寺附近的古老茶园,里面用中文立碑,写着"日本第一古茶园"。那些茶树不太可能是宋代流传至今的,但经过历代僧侣的照拂、补种,照旧生机勃勃,非常有价值。一直到今天,日本各个茶道流派的家元(流派掌门人)们,还是以拿到高山寺的春茶所做的抹茶为荣。

现在高山寺的僧侣也不多,主要僧人是一位女性方丈。这位昔日的大学教授,带着一位负责的僧人,在高山寺的长廊上喝一碗本寺院提供的抹茶,面对着山间那片深绿的茶园,常有一种不知今夕何夕的感觉。

附近的宇治也是日本著名的茶产地,我们在建仁寺,方丈表演茶道给我们看,其实仪轨并不复杂。一位穿着深蓝色和服的茶道老师端着宋代的水注、天目茶碗以及茶筅等茶器物稳步而出。方丈将准备好的抹茶放于碗中，亲自加水，然后用茶筅击拂，动作极为迅速，当然也可以用行云流水来形容，与之相比，别的那些茶道流派的待客模式，都显得极为缓慢。方丈打好茶，倒入准备好的茶碗中，告诉大家，这就是传统的"四头茶礼"，从荣西大和尚时流传至今的茶道模式就是这样，这也是古老的中国茶道模式。

真是如此吗？按照很多学者的看法，的确如此。

根据北大研究中日茶道对比的滕军女士的研究，径山茶本来就是供佛所用，所以径山多茶事也是理所当然，但是史料留存有限，导致关于径山寺的材料需要耐心收集整理，流传到日本的文物及相关的历史事件可以作为径山茶事的补充，这也说明径山茶礼对日本的深远影响。

13 世纪，掌握了镰仓幕府权力的北条氏特别仰慕径山寺，派遣了大量日本僧侣来径山寺学习，还邀请中国僧人去日本传法。南宋至明末，有 400 多名日本僧侣来华求法，其中 129 人在史册中留名，而这些人基本都来过径山。径山寺的禅及文化对日本产生了深远影响，日本禅堂的饮食,如茶汤、蔬菜、豆包、龙须面、笋、豆腐的制作和调制方法,都发源于径山,一想到此,径山寺在我们心目中就变得更加神秘悠远起来——现在的径山寺建筑也很恢宏,不过大部分是近年重新修建的,文化细节需要重新满满注入,就像将水注里的水灌入茶碗,一杯泡沫汹涌的茶,需要更多的力量。

日本来径山的僧侣中,对茶文化传播起到重要作用的,是圆尔辨圆,他在南宋时期,在径山生活了五年。当时的径山寺也和今日一样,远离城市的喧嚣,位于海拔八百米的山间。这里的僧侣们自耕自种,他学会了做豆腐、酱油,也学会了完整的径山寺的茶的制法和饮用法。回日本的时候,他带回一千多卷经书和儒书,在东福寺传授,并形成了自己的流派,他也带回了茶种,在静冈县种植,这一带是他的故乡。静冈至今还是茶叶出产地,每年出新茶的时候,百姓还会祭拜圆尔。

喝茶的仪轨也在这时候被带回了日本,但很少有典籍专门记载,不过我们可以根据《禅院清规》《百丈清规》想象当时严格的步骤、庄严的场面、明确的分工,还有饮茶之中的真意。尽管这套仪轨现在没有全然恢复,但是在民国初年在径山寺举行的"径山茶宴"中,还有几分影子,从闻香观色到饮茶半口,要连续四次,四个半盏饮用完后,还要向主人道谢,主人则答礼谦让,之后再喝茶、交谈,并有专门的茶道具,极为严谨。

除了仪轨和茶种,当时中国使用的建盏也被日本僧侣大量带回国,供上层社会使用,当时径山寺属于天目山,所以这些茶碗被称为天目茶盏。日本茶道里有专门使用这种茶盏的一套程序"天目点",又称为"贵人点",只有贵宾来了才使用,这也是日本茶道的源头之一。径山茶从精神到实质深远影响了日本茶道。

时代在变,饮茶的乐趣也在改变,饮茶的模式和器物更在变化,但耸立在群山之间的径山寺和它的茶事,在时代变动的幻象中,始终坚实。

谁言影似真

李郁葱

【山如镜。很多时候，我们读山，就是在读自己。】

为什么要去看山？每一个凝视山峰的人是否都有相似的感觉？同一座山给不同人的感觉是否相同？同一个人看不同的山又会产生什么样的情感差别？当车盘旋于禅院五山之一的径山上，"仁者乐山，智者乐水"就在一闪念之间。

山如镜。很多时候，我们读山，就是在读自己。

江南的山大多秀丽，很少有高山。当真正深入山的深处，徒步攀缘之时，在鸟雀的嘈杂声中会愈加体会到深山的幽静，就像我们的内心，它是空旷的，它也是绵实的，在它的天地之间，充溢着风。

"人言山住水亦住，下有万古蛟龙渊。道人天眼识王气,结茆宴坐荒山巅。精诚贯山石为裂,天女下试颜如莲……"苏东坡知杭州时,多次踏足径山,从这首《游径山》大抵可以看出他对径山的喜爱,综合《四库全书》《苏东坡全集》《余杭县志》《径山志》等文献记载,苏东坡为径山写诗达12首。

这个数量算不得非常多,但考虑到局限于径山一隅,就非常可观了。在苏东坡面前,这径山在巍峨高耸之余,也是他的藏身之境,和李白所看见的天姥山相似。

苏东坡的感慨是:"嗟余老矣百事废,却寻旧学心茫然。问龙乞水归洗眼,欲看细字销残年。"

从这诗句中可以看到苏东坡那个时候想法的蛛丝马迹,这山就是他"对影成三人"时默契的友人,自己对自己的观照,一条内在的生命通道。

读径山,每个人都会读出不同的感受,而这样的山脉,早在宋代就因为径山寺跻身于"禅院五山",关于它的禅味,每个人应该都有自己的感受,我不能越俎代庖。我是从前人留下的文字中找寻一种面对这山时我们共同的情绪。

像我所喜欢的唐代诗人张祜,他出身于清河望族,一生郁郁不得志，却诗名远扬。杜牧有一首赠给张祜的诗中说："谁人得似张公子，千首诗轻万户侯。"杜牧这样的评价不可谓不高，写这首诗的时候，杜牧在今天的安徽当刺史，而张祜已然是世俗眼光中一事无成的垂垂老者。

不同的人读张祜，就和不同的人读径山是一个道理。

或许因为张祜有这种人生的遭际，他在《题径山大觉禅师影堂》中说："超然彼岸人，一径谢微尘。见相即非相，观身岂是身。空门性未灭，旧里化犹新。谩指堂中影，谁言影似真。"大觉禅师早已圆寂，张祜是在瞻仰他的遗像，生和死之间，是微尘，是观自在，而此时的径山，在张祜的凝视中，是天地万物之中的一缕风，是消逝和追忆。

宋代的蔡襄游径山又有不同了，他仕途顺畅，胸怀天下，又生活在宋初的美好年代。他的某一次径山行应该从者甚多，有一个孙推官写了首忆径山游的诗，蔡襄和之，诗的起句非常的浅白："三十年前浙右行，径山才称爱山情。"但之后有几句颇能看出峨冠博带的朝堂重臣的气度："极峻只疑天上党，遥临初觉地东倾。分符不得重游赏,碣石岩边记姓名。"

读径山时,我们也可以读出范成大的"浴日苍茫水,扪星缥缈楼。神光来烛夜,寿木不知秋。海内五峰秀,天涯双径游。爱山吾欲住,衰疾懒乘流"(《题径山寺楼》)。

或者读出陆游在《寄径山印禅师》中的"市朝声利战方酣,眼看纷纷每不堪。但有客夸车九九,了无人问众三三……",或是在《赠径山铦书记》中的"我谓铦公岂止此,径山钵袋渠能得。一枝白拂倘付之,会见青天飞霹雳"。

是高山就有流水,是林深便有鸟鸣,而在它面前,我们的姿态就是它的姿态,它千变万化的幻象正是我们所赋予的。

再如"茶圣"陆羽,他读径山和我们不同,他是把自己融入了径山的纹理之间:径山茶。县志中记载:"产茶之地,有径山、四壁坞及里山坞,出者多佳,至凌霄峰尤不可多得。""径山寺僧采谷雨前者,以小缶贮送人。""钦师尝手植茶树数株,采以供佛,逾年蔓延山谷,其味鲜芳,特异他产。"

陆羽来径山的次数并不多,但时间比较长,因为《茶经》的写作,很多便是在径山之麓完成的。

陆羽读径山，和我们通常的观照不在一个级别，他是深究，是鞭辟入里地融合，径山仿佛他的身外之身，而我们是在旁观和把玩。

就像对径山茶宴的感受。径山茶宴，顾名思义是源自径山寺的茶礼、茶会等饮茶仪式，有着一套规范的礼仪：举盏闻香，放盏观色，再捧盏呷茶半口，细细品尝……它的细致和精妙，需要有心者的品鉴，而体会不到的牛饮者，如我，又有粗疏的乐趣。

这一晚就住在径山寺外，漫步于山间，繁星灿烂。这灿烂也是对我们视野的压迫：山是深沉的，又峭拔孤立。它可以是一生颓唐的徐文长的"过溪无虎啸，枉送远禅师"，可以是箫声剑气的龚自珍的"何处复求龙象力，金光明照浙西东"，也可以是开眼看世界的魏源的"远石缥青近石碧，大泉钟磬小泉琴"……

山如镜，而我们揽镜自照，看到的自己也是不同的。这一晚再迟一点的时候，因为岑寂，我隐隐感到远处传来的声音，它们向我暂居的房间飘来，也许是梵音，也许不是。

在数百年前元朝的一个夜晚，那个叫释英的和尚，在径山夜坐时,听到钟声传来,写了这样一首诗:"凉气生毛骨,天高露满空。二三十年事,一百八声钟。绝顶人不到,此心谁与同?凭阑发孤啸,宿鸟起长松。"

是的,此心谁与同?更多的时候,我们在生活,这山是我们的悲喜和远近。

陆之羽泉

陆春祥

【深山藏古寺，风檐角上，两只鸿雁在飞翔，这是茶圣陆羽的精灵吗？是，但更是茶的诗，茶的歌。】

鸿渐于陆，其羽可用为仪。

1

公元733年深秋，唐朝复州竟陵（今湖北天门）西郊的一座小石桥，龙盖寺智积禅师正好路过此地。桥下，一群鸿雁哀鸣阵阵，禅师顺眼望去，一个肉团团，好像是孩子！走近再看，果然，是个冻得瑟缩的男婴，禅师立即抱回寺中抚养。这男孩好不容易养到八岁，禅师煞费苦心地为他取名，拿来《易经》一卜，得"渐"卦：鸿渐于陆，其羽可用为仪。什么意思呢？鸿是巨鸟，渐是渐渐飞翔，陆是大地，巨鸟从陆地起飞，它的羽翼翩跹而整齐，四方皆为通途！这是上上卦啊，就用这个吧。孩子，你以后，姓陆，名羽，字鸿渐。

从此，一位闻名于中国，不，闻名于世界的茶人诞生了！

智积禅师，唐代著名高僧，他懂茶，也煮得一手好茶。小陆羽在寺院得到了良好的教育，识文断字，且自幼吃茶煮茶研茶，耳濡目染，茶的因子深深浸入骨髓。

2

公元 755 年冬，狡猾的安禄山在唐玄宗的醉生梦死中终于积聚够了反叛的力量，撕下了杨贵妃干儿子的假面具，带着他的少数民族联合大军向长安浩荡而来。

唐玄宗急忙往西跑，自然，文艺青年陆羽也要跑。陆羽这一跑，如同他的名和字，巨鸿一路翱翔，来到南方的青山绿水间，寻好茶，寻好水，调查田野，采制品评。江南,是陆羽《茶经》生长的肥沃土壤。

我们来看看他在江南的日常片段:

> 上元初,结庐于苕溪之滨,闭关对书,不杂非类,名僧高士,谈宴永日。常扁舟往来山寺,随身惟纱巾、藤鞋、短褐、犊鼻。往往独行野中,诵佛经,吟古诗,杖击林木,手弄流水,夷犹徘徊,自曙达暮,至日黑兴尽,号泣而归。故楚人相谓,陆子盖今之接舆也。

陆羽的日常生活,还是让人羡慕的:

高兴了,可以会名僧,见高士,吃酒要吃一整天。不高兴了,闭门吟古诗,诵佛经。当然,他常常着草鞋短衣,出现在山林田野中,他要去寻野茶寻流水,用竹杖敲敲茶树,他就知道茶树的生长年份,甚至茶叶的质地,用手撩拨一下流水,他就知道水是否甜香甘洌,这样的野外生活,他可以从早过到晚,常常是天黑下来了,才依依不舍地回家。有的时候,他还会号啕大哭,村人以为他是个狂人、傻子。谁知道他为什么哭呢?一般人当然不知道!

在陆羽眼里，山这么绿，水这么清，我在天地间自由纵横，我不是没心没肺，我是正常的情绪发泄，哭和笑一样，都是表达。当然，想起动乱的国家、离乱的百姓，我还是心酸的！

苕溪，分东苕溪和西苕溪，流经浙江的湖州德清、杭州余杭，最后流入太湖。唐李肇的《唐国史补》这样说陆羽："羽于江湖称竟陵子，于南越称桑苎翁。"而余杭的径山脚下，就有双溪，此溪合于东苕溪，不远处还有苎山，桑麻遍地。桑苎翁这个自称，我相信得于余杭。他的江南日常片段，完全真实，因为来自他的自传。

3

《余杭县志》说：唐陆鸿渐隐居苕雪，著《茶经》其地，常用此泉烹茶。品其名次，以为甘冽清香，中泠、惠泉而下，此为竟爽云。

此泉，就是陆羽泉。

2016 年深秋，我来到了径山脚下的陆羽泉边。

先进一个竹林掩映的院子。左边围墙,也是条碑廊,那些竹子,已经挤得很紧了,人要进去看碑,极不容易,但碑文内容尚可以分辨,都是历代与茶有关的诗词。右边,是一尊陆羽的石雕像,骨挺傲立,目视远山,似乎永远保持着察山观水的姿势。一个小九曲回廊,连接着另一个后院。走进后院,豁然开朗,我直奔左前方的陆羽泉。

嘉庆《余杭县志》引明代嘉靖《余杭县志》云,陆羽泉广二尺许,深不盈尺,大旱不竭,味极清冽。

我眼前的陆羽泉,整个外围用数十公分宽的垒石砌成壶形,壶嘴往下,有四级小台阶,约三分之二的壶肚子是泉池,另三分之一是个方形的小池,池中有圆口,类似井,估计是过滤池。我没有看到汩汩而出的山泉,泉水很平静,水面上漂有几片金黄色的银杏叶,已是深秋,那些银杏开始褪妆。

蹲着近看陆羽泉,泉水清晰地映着我的脸。傻想,千年泉池,也映照过陆羽的脸,更不知映照过多少过客的脸,不仅映人脸,还映新月,映满月。我见羽泉多清澈,料羽泉见我也如是。

陆羽泉边回转身,看见的是一座两层仿古建筑,上书

"鸿渐楼"，看到这几个字，我似乎又看到了年轻的陆羽充满自信地站在木楼上，他相信，他在完成一项亘古长青的事业！一千多年前，他就在此取水煮茶，研读经书，整理资料，完成了《茶经》的初稿。

在鸿渐楼，我们喝着径山茶，听当地的研究专家给我们讲陆羽的《茶经》，讲径山的禅茶。

4

径山，径通天目。

径山禅茶，这要追溯到一个著名和尚，径山寺的高僧法钦。

唐朝天宝初年，法钦禅师遵照老师"遇径而止"的教导，到径山山顶结庵讲佛。他在径山手植茶树数株，采以供佛，逾年蔓延山谷，其味鲜芳，特异他产。法钦显然是径山茶的始祖，他种茶，本用以供佛，不想这茶叶生长却极快，这就造福了百姓。虽然有夸张成分，茶树不是水葫芦，不会指数级生长，但此地土地肥沃，云雾缭绕，日照条件也好,茶树生长迅速,也在情理之中。

在中国,可以这样说,饮茶之风首先是在禅僧中流传的。僧人需要清心寡欲、离尘绝俗,而茶能提神醒脑、明目益思,陆羽的《茶经》一出,再加上皎然等人的大力提倡,茶道大行,王公朝士无不饮者。

到了南宋,径山寺的常住僧众达三千多人,法席极为盛隆,成为天下"五山十刹"之首。大慧宗杲,也是一位划时代的高僧,他带领信徒种茶制茶,大开禅茶之风,将茶会融入禅林生活。

日本的茶道源自禅道,而日本禅宗临济宗的嗣法弟子,大部分曾到径山学习过。

对众僧来说,将佛法融于茶汤,草木的精魂与佛法的渊深,实在是一种很好的融合表达。一味禅茶,别无所求。

我们沿着径山古道攀登。

这条千年古道上,仍有不少唐宋遗迹,宋徽宗、宋高宗、宋孝宗都上来过,孝宗还不止一次上径山。拐弯,又拐弯,突然,右边陡坡出现了一大片绿色的茶园,陡陡的,看不到顶,顶上就是蓝天。

在径山寺藏书阁,我们喝到了年轻的圣果法师为我们煮的径山红茶。圣果静静地冲茶,不时地答一句我们的提问,始终很安静。

在径山阁,晚餐前,一位中年女茶艺师为我们表演禅茶茶艺。

她的水丹青,让我第一次见识到,抹茶汤上还可以作出这等精致的画来——深山藏古寺,风檐角上,两只鸿雁在飞翔,这是茶圣陆羽的精灵吗? 是,但更是茶的诗,茶的歌。

5

陆羽的《茶经》,在唐朝就已经堪称经典了。

唐代张又新嫌《茶经》中对水的判断简单,索性详细列举,写了本《煎茶水记》,但他仍然引用了陆羽评定的全国二十处最适宜煮茶的水源地。

关于煮茶用的水,有一个很神奇的故事,说陆羽(或者他师傅智积禅师)的嘴,能尝出水是江中水还是江边水。

陆羽的足迹遍布江南。

这二十处，我去过庐山、虎丘、扬州、天台山等地，但都只是掠过，唯第十九泉，就在我家乡桐庐的严子陵钓台处。

桐庐的严陵滩，高树夹岸，飞泉如雪，陆羽在这里发现了一眼特别的山泉，晶莹明澈，清冽甘甜，遂命名为天下第十九泉。富春江，富春山，严光不顾与皇帝的同学情，不愿做大官，而宁愿归隐富春山，做个悠闲的钓翁，这里的水，自然好。

作家王旭烽，目前任教于浙江农林大学，前年，她策划了一个相当有意思的活动，组织学生去全国各地，寻访一千多年前陆羽划定的二十处唐代最佳水源地。学生取水样，写报告，试图将陆羽《茶经》中的水因子续上。

王旭烽虽是作家，却非常懂茶，她的长篇小说《南方有嘉木》之书名，就取自陆羽《茶经》之开篇语，获得了第五届茅盾文学奖。

她告诉我说，茶在中国的历史悠久，世界上没有哪一个国家能比，它已经深深融入了我们中华民族的血液。

6

"山水上,江水中,井水下。其山水,拣乳泉、石池慢流者上。"这种用水标准,我相信,是陆羽在无数次反复体验和长期实践中得出的科学结论。径山峡谷间,那飞流的清泠山泉,一定带给他特别的样本的感觉。

煎一壶好茶,当然还要优质的茶叶:野者上,园者次。那些和天地相接,得天地精气,自由生长的野茶,就是佼佼者。径山茶,条索扭结而略带乳白色,就是天地间茫茫云雾中生长的野茶。

好水,好茶,煎出了一壶好茶,也成就了一部传承千年的《茶经》。

陆羽,已经凝固成茶的伟大符号,我以为,茶字中间的这个"人",就是陆羽,在芸芸草木之中,他令中国茶牢牢地伫立于世界文化之林。

卷二 · 一叶之境

山巅一寺一壶茶

胡烟

【茶礼，一举手，一投足，让心停驻，安住在当下。对尘世中奔忙的我们而言，不啻一种医治。】

1

近日，与草白、王亚、华诚诸友上径山。

径山以茶名。我自小在渔村长大，不懂茶。村里人喝茶，多是喝茉莉花茶。吃了油腻的东西，拿来搪瓷缸，用开水泡一壶茉莉花茶，你一杯我一杯，杯子须是大杯，畅快淋漓，解腻。夜里，船上的伙计等待起网，一包烟和一壶浓茶，是必不可少的。还有印象深的，住在乡下的姥姥，日子不宽裕，过年了，家里围起大桌，人们嗑瓜子喝茶侃大山。茶，也还是茉莉花茶，碎碎的茶叶末用纸包裹，用细麻绳捆绑。后来到了北京才知道，京城管这叫"高碎"，是价格最低的茶。旧时，拉脚踏车的车夫们常饮。

春节前去无锡拜访养兰花的朋友，欲带伴手礼，第一个想到茶。买了京城上好的茉莉花茶，但又想到古往今来，江南文人对茶有研究、有讲究，或许对此并不钟爱，所以临时改换成其他礼品。在朋友书房，主人泡了茶，我们一面品茶，一面翻看绝版《兰谱》。眼前的紫砂壶，该是有些年头了，用铁丝加固过，古朴稚拙，甚是可爱。主人顺便聊起，市面上卖的紫砂，大多掺了胶。他收藏了几件品质上乘的紫砂壶，倘若有朋友讨要，可以转让，但有个条件，不许用来泡茉莉花茶。——幸好没送人家茉莉花茶，我暗暗庆幸。

这次到径山，我白纸一张。想看看径山这座山，究竟要写给我什么。

隐隐地，脑子里蹲着一排问号：饮茶，何为俗？何为雅？禅茶一味，又有怎样的玄机？

径山茶宴，是将流行于宋朝的点茶法从日常生活上升到宗教仪轨的层面，甚至远播日本形成茶道。初到径山脚下，学习宋式点茶，是有意味的溯源。点茶仪式，让人印象最深的，是茶席上的精致插花。玻璃绿瓶，一枝桃花，或者两枝樱花。焚香、点茶、插花、挂画，宋人四雅，体验了两雅。点茶开始，有技师指导。茶盏、茶末、茶筅，调膏、注汤、击拂，产生汤花。整个过程并不复杂，只是击拂的时候须手腕用力，速度和力度都要跟上，若茶面如凝冰雪，便是上等了。

我试着实践，成绩不好也不坏。点茶完成后，拉花，写字。写什么好呢？想到山巅一寺，我拿起竹签，蘸茶膏，一笔一画写个"空"字。又想到藏传佛教中的坛城沙画，僧人用色彩缤纷的沙粒描绘奇异的佛国，精美绝伦，花费数月时间。完成后，并不用来炫耀，辛苦创作的坛城，被毫不犹豫地扫掉，顷刻间化为乌有……细沙被装入瓶中，倾入河流。繁华世界一捧沙。如此结局，意在引导世人，专注过程之美，并非结果。

如此，我也模仿着，将这杯"空"茶一饮而尽。

2

山脚下的径山村，以茶为业。别墅民宿皆干净清爽，有茶气。晚餐后，车子从径山脚下沿山路盘旋而上，约半小时至山顶。一路上，我想起了几个人。

一是在湖心亭看雪的张岱。张岱是茶痴，烹茶鉴水，天赋异禀。读过《陶庵梦忆》，有关兰雪茶的篇章余韵不绝。张岱的文章字字生香，看在眼中，印在脑中，又仿佛回甘在口里。

兰雪茶是张岱的发明。日铸雪芽，产于绍兴东南五十里的会稽山日铸岭。张岱不甘日铸雪芽没落，招募技师一道进行改革。经过"扚法、掐法、挪法、撒法、扇法、炒法、焙法、藏法"等工序，又在茶叶里加茉莉进行炒制，出落的雪芽"色如竹箨方解，绿粉初匀；又如山窗初曙，透纸黎光"，更名"兰雪茶"，名声大噪。

又想起清晨在西湖边看牵牛花的画家陈老莲，也是晚明时候人。他笔下有《停琴品茗图》，画两位高士面对面,端杯品茗。一位盘坐于芭蕉叶子上,旁边守着茶炉。另一位面前有石桌,上置书卷。陈老莲的人物画极具个人风格:身子短,脸方且长,神情严肃。画中常装点各类器具雅物,比如奇石、青铜器、芭蕉、莲花,都与时间有关。线条像是雕刻的,涩,多棱角,暗喻性情的倔强。现在想来,老莲的画有茶味,乍看是苦的,反复品读,方能体味其多重意蕴。老莲极爱酒,也常画高士沽酒图。酒令人醉,茶令人醒。山河倾颓的晚明,醉与醒交替着,"虽残生而犹死"。他对人生的深刻体悟,都在画里。

再有一人,是近代的李叔同,也即后来的弘一大师。西湖边,"在景春园楼下,有许多茶客,都是那些摇船抬轿的居多,而在楼上吃茶的就只有我一个人了。所以我常常一个人在上面吃茶,同时还凭栏看看西湖的风景"。昭庆寺旁的茶馆、湖心亭,是李叔同常去吃茶的地方。虎跑寺断食期间,李叔同饮过番茶、红茶、梅茶、盐梅茶等数种茶。他的学生回忆:"虎跑寺有泉水,清冽而稠……戊午仲夏,业师李叔同先生披剃于该寺。余曾偕学友数人,一度往访。师出龙井茶,汲该寺泉水,烹以饷余等。"

虎跑,当地人念作"虎袍",跑字念二声,是免费取泉水的地方。上次到杭州,我专程去虎跑,凭吊弘一大师。进了山门,一路上都是拎着桶取泉水的人,泉水大多用以烹茶。泉眼不大,排队一两个小时是常有的。泉与茶,都是极干净的,如同弘一大师的人格。

他们钟爱饮茶,究竟是因了什么? 仅仅是茶的味道吗,还是其他什么?

3

到了山顶,已是晚间。路灯不甚明亮,眼前的亭台水榭楼阁,看不清具体面目,朦胧静谧且美。房间门口,一棵高大的樱花树,花开得正好,像凝固在半空的烟花,繁华至极,我和草白为此雀跃。一树樱花静默不语。

第二天清晨,一阵风来,下起了樱花雪。

径山茶文化中心,有关茶的讲座,从径山寺僧,到苏东坡,再到一系列茶产品的衍生开发和包装,如流水无痕。每人一杯径山茶,明彻的玻璃杯中,一片片被称作

"茶"的叶子,外形细嫩,条索纤细,舒展、扭动、伫立、静止,颜色绿翠莹碧,像一首诗,若一幅画。一口下去,苦涩中,隐隐有清幽的香。再品,是春天特有的鲜。再有,便是醇,通透的纯粹。其后,应该还有,而我的语言表达就此停滞不前。

多么美的茶。禅宗提倡自见本性即为佛,僧人通过"吃茶去"等日常行为来洗涤尘心,参悟禅谛,是否在此过程中,也会贪恋上这杯茶?

宋人黄庭坚曾有同样的疑问。他的《送张子列茶》中说:"斋余一碗是常珍,味触色香当几尘。借问深禅长不卧,何如官路醉眠人。"意思是:茶很美味,可以调动人的味觉、触觉、视觉、嗅觉,这在佛家的"六尘"中已经占了"四尘"。既然要六根清净,参禅之余却又要饮茶,这是否污染了六根呢?若参禅之人久坐不卧,这与酩酊大醉躺在大路上的酒鬼没有分别。如果将参禅当成一种执念,和嗜酒如命其实是一回事。

黄庭坚比我犀利百倍。

想起三年前,我曾与僧人一同饮茶,在北京的一家画院,两位师父在此客居。他们从湖北的一家寺院来,年长的是住持，年轻的是侍者。侍者师父为我们泡茶，熟普洱。他目光微垂，态度谦恭，手法娴熟，举手投足流畅又宁静。我们正要夸赞，却又觉得，在那样的场合，客气的恭维显得多余。于是缄默。水开了，咕嘟咕嘟。住持呵责侍者，未能把握住火候。分茶迟了，住持又呵责。我们条件反射，觉得当众批评令人下不来台，难免尴尬。但见年轻的僧人面不改色，并不因被呵斥而乱了心，依旧稳稳当当，为客人泡茶。面子，或许正是僧人要努力修掉的东西。现在想来，这也算我们喝茶的了悟，沾了"禅茶"的边。

　　清晨，径山山顶，茶园旁，众人等待一场洒净仪式。庄严的梵唱结束，僧人手持大悲水走上茶山，一面诵经洒净，一面进行第一场茶叶的采摘。洒净，即是告诉天地，告诉山川茶林，告诉大大小小的生灵，我们开始享用美妙的茶了，望悉知。仪式结束后，我们一行人兴冲冲跑上茶山，零星散落在茶树间，像是从茶山生长出来的，表演天人合一。我低头，努力辨认着最嫩的叶子，猜测着哪些可以用来制茶，但始终未伸手采摘，生怕鲁莽了。

4

未能体验寺院僧人的茶礼,或许是此行一大遗憾。回来补课,方才知道茶礼之烦琐。径山茶宴,早已成为禅院茶礼经典样式。最早可追溯至唐代,两宋时影响力覆盖江南,成为最著名的寺院茶会。其程序严格,仪式隆重。张茶榜、击茶鼓、恭请入堂、上香礼佛、煎汤点茶、行盏分茶、说偈吃茶,都是茶宴的核心部分,又分为点茶、献茶、闻香、观色、尝味、叙谊等程序。茶具是专用的,茶叶是上等末茶。

想到这些烦琐,忍不住皱眉。我是缺乏耐心的人,比如出国旅游,想到要填表办签证,我便打消了念头。喝茶这件事,也是能省则省了,白开水就好。想象寺院茶宴,为了一口茶,杯子器具堆成山,礼节程序,节奏缓慢,时间仿佛停滞。我若在场,手心会不会急出汗来?

我的这颗心,时刻向前跑。

然而,禅茶一味,僧人的茶礼,并非为了一口茶。他们的目的,始终在于修行。程序复杂,或许可练习当下的觉知。我们平常所为,晨起刷牙,想着工作;工作中,惦念晚餐;晚餐时,又关注着手机上的新闻。如此一天,浮皮潦草。

茶礼,一举手,一投足,让心停驻,安住在当下。对尘世中奔忙的我们而言,不啻一种医治。

再比如,禅院茶事,在品茶环节,先是"五气朝元",即呼吸茶香,做深呼吸。其次,曹溪观水,也即观看茶色。再次,随波逐浪,自由自在体悟茶味、感悟人生,随缘接纳茶的味道,不避苦,不贪甘。

最后一条,终于解决了黄庭坚和我的疑问。不避苦,不贪甘,无有分别心。在此之前,须明明白白感知到,茶味复杂,哪里有苦,哪里是甘。觉知,而不随逐。

这杯茶,终究是品出了滋味。

关于雅与俗的问题,我又专心琢磨。"雅"字,有"合乎标准、规范"的意思。泡茶有泡茶的规则,品茶也有品茶的标准,一切按部就班,所以是雅的。但倘若执着于这套规矩,拿来卖弄,便又有禅门祖师过来棒喝一声,打破不好的习气。此时,不妨泡一壶茉莉花茶,自顾自地享用,丝毫不必附庸风雅。大俗即大雅。

一盏茶中藏宇宙

许丽虹

【雨天听雨,下雪日观雪,夏天体验酷暑,冬天领受刺骨寒风……无论什么样的日子,尽情玩味其中,便日日是好日。】

2024 年 3 月末的早晨,迎着晨曦,走向径山寺山门。

径山寺建在山顶,静谧悠然。一出山门,眼前豁然开朗。远处众峰来自天目山脉,层层缥缈淡蓝色,势若骏马奔驰于平川。近处一山峰凸起,浓浓墨绿色,如香炉里的香灰缕缕上拱,正对山门。顿时,只觉得世间如此辽阔。

苏轼寄给其弟苏辙的《游径山》一诗中说道:"近来愈觉世议隘,每到宽处差安便。"他所见的径山"宽处",亦是眼前景象吧。宽,马上想到刚才在潮音堂看到的一幅字:澹然世界宽。

径山寺的茶,以"禅茶"凸显于众茶之中。禅茶如何体现？径山寺的开山祖师为唐代法钦禅师，径山茶由其亲手栽种。但这仅仅是个"禅茶"诞生的因由，深究禅茶内涵，其实在潮音堂《正法传今古——费隐通容、隐元隆琦祖师墨迹展》中，可窥见一斑。

费隐通容、隐元隆琦两位禅师生活于明末清初，与径山寺都有着密切关联。费隐通容曾任径山寺住持，自称"径山费隐容老僧""径山老人"，门徒们更是敬称其为"径山"。隐元隆琦是费隐通容的弟子。

他们的书风或恣意豪气，或苍劲有力，或方圆相济，或雅致隽永，崇尚简素、枯淡、天然的风格，尽显禅师潜心修行、直指本心的实相表达。"澹然世界宽"是费隐通容的墨迹。或许，很多个清晨，他曾迎着晨曦走出山门，看到一望无际的世界，感慨之余，出来这一句，是禅宗的了悟。

禅宗体现禅理最直接的方式，往往是禅宗故事里的诗句、片段或短语，后人将这些简短扼要的文字称为"高僧"墨迹。墨迹通过对山水意象、自然之花的提炼，给予生命荣枯的了悟，播种启迪觉悟的种子。

径山寺历史上，有许多高僧大德留下过墨迹。有些墨迹流传到日本,成为其国宝。仅以南宋为例,据"日本墨迹研究第一人"田山方南先生的调查,日本现藏杭州五山禅林的高僧大德留下的 912 件墨迹中,和径山寺有关的有 468 件,占 51％;和灵隐寺有关的有 233 件,占 26％;和净慈寺有关的有 161 件,占 18％。可见径山寺以墨迹阐述禅意的风格相当鲜明。

住在径山山顶的那个清晨,我走出住处抬头看天气,一眼看到廊亭匾额上的"归云"两字。那时,山顶空气中全是负离子,天空蔚蓝,几丝白云飘荡。以蓝天为背景,黑紫色的亭额上,有一块长方形裂裟红镶边的匾额,匾额青黑色,上书金色的"归云"两字。当时只觉这两个字好气势,其字义放在此处又极为妥帖。

后来查资料才知,"归云"字迹出自无准师范。无准师范被誉为南宋佛教界泰斗,曾为径山寺住持。他有 6 件墨迹被日本认定为"国宝",14 件为"重文",即"重要文化财",指重要文物。他的禅院额字"归云"现藏日本箱根美术馆,是"重文"。

高僧墨迹与径山寺的茶文化密不可分。饮茶在禅僧之间普及开来,主要原因是茶有提神功效。禅者打坐入定、诵经念佛之时,经常饮茶来解渴提神。在我国,禅宗发展到了六祖慧能的时候,茶已在寺庙兴起,再过几十年,陆羽开始写《茶经》。从中唐开始,茶与禅宗几乎是同步发展的。

径山寺的茶之好,源自其独特的小气候。径山系天目山东南余脉,有凌霄峰、鹏搏峰、朝阳峰、大人峰、宴坐峰、堆珠峰等峰,其中凌霄峰最高,海拔达 769 米。此间山坡土质肥沃,岭峰高处多雾,所产茶叶细嫩有毫,色泽绿翠,香气清馥,汤色嫩绿莹亮,滋味嫩鲜。

好茶、高僧,便发展出有名的"径山茶会"。好茶与高僧,这两者别处亦有,但将禅意和茶会礼仪完美结合起来的,首推径山寺。径山寺由茶发展出了仪式性聚会,让无形的禅理有了有形的安放空间,由此形成"禅茶一味"。

径山茶会另有一个显著标志,这里是日本茶道的发源地。日本茶道,小小茶室里必不可缺的一样东西便是"墨迹"。在电影《日日是好日》中,女主角每次去上茶道课,茶室所挂的墨迹都是不一样的。蔚蓝五月晴天的周六是"熏风自南来";六月的雨天是"听雨",老师叫她们听,六月里的雨是嫩叶弹跳的回响,雨声是朝气蓬勃的;

秋天是"清风万里秋",而冬日则是"梅花熏彻三千界"。

如此,茶室像有了呼吸,与流转的时令相互呼应。人的心情,很多时候漫漶无收,而墨迹,像当头一棒,将人的神思迅速唤回。雨天听雨,下雪日观雪,夏天体验酷暑,冬天领受刺骨寒风……无论什么样的日子,尽情玩味其中,便日日是好日。

因此,茶道老师说:"一进入茶室,要先观赏壁龛中的字画和插花。茶道最棒的待客之礼就在于字画。"老师的这一思想,其实来源于千利休。千利休为日本茶圣,他认为墨迹是"茶道中最重要的道具"。

日本茶道悬挂墨迹的传统因何而来呢?最早流传到日本的高僧墨迹,是宋代圆悟克勤禅师送给弟子虎丘绍隆的"印可状"。在径山寺历史上,南宋初期的高僧大慧宗杲颇具传奇性,他主持径山寺时,因力主抗金而被秦桧剥夺衣牒,流放到湖南衡州,再贬至广东梅州。15年后因宋高宗恩赦而恢复僧籍,重回径山寺,后宋孝宗赐号"大慧禅师"。大慧宗杲即是圆悟禅师的弟子。

"印可状"相当于现在的毕业证书。这件圆悟禅师在62岁时书赠弟子虎丘绍隆的"印可状",作为墨迹中的第一神品而备受日本禅林界的尊重。据说一休宗纯将吃茶的仪式传给弟子村田珠光的同时,赐予了他这件墨迹。珠光把墨迹悬挂在茶室里欣赏,将墨迹与吃茶组合在一起,遂形成了行茶道必挂墨迹的传统。

茶席上所挂的墨迹,一般不过一行,有时甚至仅有一字,或出自古诗、佛经、禅宗公案,或仅是蕴含精神境界与哲理的文字,却点出沉思的要点,为饮茶创造出禅意的氛围,让人意识到每个瞬间都是独一无二的,都该被珍惜及细细品味。

要说径山茶与其他茶有何不同,最大的不同便在此处。径山茶自唐代以来,不断有禅师总结、提炼禅意精华,将其浓缩在墨迹中,在饮茶时点题开示。心迹即是墨迹,禅法抵达的方式之一,便是中兴径山的大慧宗杲禅师所言"笔端宣畅"之法门。径山茶宴中,一直包含这样的禅意。

时至今日,径山寺也一直珍视、传承茶宴中的这份禅意。2023年杭州亚运会期间,有一场引起全城轰动的展览叫《意造大观——宋代书法及影响特展》,这个展的一个分展区即在径山寺。2023年9月14日至2024年1月

20日,径山寺承办的《澹然世界宽——宋元明清禅宗墨迹展》在潮音堂举办,展出张即之以及兰溪道隆、一山一宁、中峰明本、了庵清欲、月江正印、明极楚峻、古林清茂、灵石如芝、晦机元熙、天童希颜、费隐通容、隐元隆琦、木庵性瑫、即非如一、独立性易、高泉性激、原志硕揆、悦山道宗、东皋心越、一休宗纯等禅宗高僧墨迹作品近30件。

所展出的每一幅法宝墨迹,书写者皆与径山有着甚深的法缘,或为径山祖师,或为法嗣法侣,或为居士大德,他们在各自的时空因缘中于笔端宣畅的,正是独特的禅者心迹。南宋无准师范的"器宇"两字,浑厚华滋,力有千钧。元代佛智晦机元熙的"通达本法心,无法无非法。悟了同未悟,无心亦无法"中,依稀可见六祖慧能的禅意。清代东皋心越的"清音摇风,劲节傲雪"是心地纯白,感受风霜雨雪,欣赏其美妙、力量、生生不息,与《日日是好日》有着异曲同工之妙。我们熟悉的日本"一休哥"一休宗纯禅师,他的墨迹也来到了展览中。"窗收梯叶众书滋,钵拾松花午爨香。"多么自然美妙的表达。而"诸恶莫作,众善奉行"的字句掷地有声,表明了其不与庸俗同流合污的大无畏精神。

这场展览结束后，径山寺马上举办了《正法传今古——费隐通容、隐元隆琦祖师墨迹展》。那个早晨，晨曦微露之时，我一脚踏入潮音堂，只见满堂墨迹，目不暇接。费隐通容的"悟入耳根观自在"，隐元隆琦的诗偈"雪里一枝春"，隐元隆琦弟子即非如一的"花开万国春"等，莫不让人心思触动，呆然而立。这当中，我最喜欢的即是费隐通容的"澹然世界宽"。

每一次墨迹展览，都是对径山寺禅意的回顾、重拾、再解读、再继承。

隐元隆琦弟子木庵性瑫曾书"客来一杯茶"。径山寺的茶宴，亦是一个修行空间，修的是茶道功夫，修的是茶人品性，修的是超脱物外的精神气象。径山寺如此深厚的禅法积淀，融于一杯茶中，使本就出色的径山茶有了精神内核。来此品茶或练习茶道之人，见微知著，学到的是如何将禅意引进现实生活的点点滴滴中，如此，澹然世界宽。

禅音，古道，白云间

袁敏

【手握茶盏，你会觉得，在这一方扫净尘世污浊、摒弃俗世秽气的清雅之地，身心松弛，舒缓安泰。】

径山茶好喝，这我知道，但是，真正去了径山寺，喝一杯清澈澄明的茶汤，洗净郁结在心肺里的雾霾，然后走出庙堂，抬头看蓝天上飘忽而至的朵朵白云，你才会真切体悟到，什么叫岁月静好，什么叫天色碧如玉，白云润水来。

我与云结缘，始于 1976 年。那一年，我们家遭受了一场深重的劫难，我当时才二十出头，常常一个人坐在窗边，看着窗外飘在天上的云彩。云彩浮动变幻，一会儿像大山，一会儿像小河，一会儿像奔腾的骏马，一会儿像展翅的大雁……我会和云悄悄地说话，云也会拂去我心头的忧伤。是云陪伴我挨过了那一段令人恐惧和悲凉的日子,是云排遣了我心中的寂寞和空落。80年代初我发表在《收获》上的中篇小说《天上飘来一朵云》,讲述的就是1976年的那一段故事。

多少年过去了,云在我的生命中一直占据着重要的位置,我对云的情感也从未变过。然而,不知从什么时候起,悄悄地,不知不觉地,云似乎渐渐离我远去。直到蓝天日益灰暗,白云越走越远,我们才想起小时候常唱的那首歌:"月亮在白莲花般的云朵里穿行,晚风吹来一阵阵快乐的歌声。"并怀念歌中唱的那种情景。

于是,人们开始寻找,开始把目光投向乡间、田野,开始在自己生活的城市周边去发掘能洗心洗肺、有蓝天白云的地方。

最好不要太远,一脚油门就可以当天来回,既能进入天然氧吧,又不远离都市繁华。

人不可太多,人多了,烟火气就重,即便有蓝天白云,空气也浑浊了。

坐落在杭州西北的余杭径山,距离闹市区西湖边也就只有几十里路程,却是一派幽然清净。这里绿树成荫,鲜花遍地,竹韵清新,禅音流动。径山周围的大径山区域囊括了径山镇、黄湖镇、鸬鸟镇、百丈镇、瓶窑镇等一批生态小镇，与之毗邻的德清、安吉、临安，都是绿浸染出来的地方。径山这块翡翠藏匿在大片安静雅和的绿色里，经年累月，风抚雨润，经络和肌理中便有了莫名的仙气。

径山海拔虽不高，仅七百多米，但山不在高，有仙则名。径山的仙气气场很大，除了层层叠叠的绿，更重要的是它拥有一条穿绿而过的青石古道，和古道尽头那座被白云环绕的千年古刹径山寺。

径山的青石古道上，青石板脊背上镌刻的岁月印痕，每一道都清晰可见。古道两旁山崖挺拔陡峭，脚下山泉汩汩流淌，满目参天古树、葱郁竹林，徒步走在这样古意深深、绿荫苍翠的山路上，你会彻底忘却城市上空的雾霾，你会觉得通体沐浴了一场绿雨，全身上下每一个犄角旮旯的污垢，都被绿雨冲刷出来，那真是一种奇妙而灵异的体验。

古道沿途，隔不多久就会闪出一座石亭，拙朴简陋，却亲切如市井茶坊，走累了，在亭子里歇歇脚，喝口水，拿出随身带着的零嘴小吃，不认识的人相互推让一番，彼此很快便由陌生人变成路友。古时一里一亭,径山古道长约五里,便有五亭,你不用记住五亭的名字,只要记得走过五亭以后,你已经结交了新的朋友。世间的隔膜被敞开的信任轻轻抹去,人与人之间原来可以这般美好。

五亭过后,你会看到一池净水,据说这是古时杭州知府、北宋名士苏东坡挥毫泼墨后洗砚洗笔的地方,此池净水因而得名——东坡洗砚池。

当年,苏东坡被政敌攻击,遭受排挤打压,自请外调,曾两次到杭州做官,这是世人都知道的事情。虽然苏东坡自觉在杭州为官的几年还是快活的,也写下过"未成小隐聊中隐,可得长闲胜暂闲。我本无家更安往,故乡无此好湖山"这样淡泊清雅的诗句,但胸中不乏政治抱负的苏东坡毕竟是遭小人暗算,无奈自请离京,再豁达也难免心中偶有郁闷。吟诗作画,略作排解,反倒使其原本就备受世人推崇的文学书画成就在杭州期间更加彰显。苏东坡也把杭州视作自己的第二故乡,他说:"居杭积五岁,自意本杭人。"

然而,我不解的是,西湖边那么多钟灵毓秀的湖光山色,苏东坡为什么偏偏要跑到远离杭城的径山来挥毫泼

墨呢？这个问题，我在东坡洗砚池边徜徉时并没有找到
答案。

过了洗砚池，沿古道再往上走，径山寺的庙宇飞檐和
禅院黄钟便出现在眼前。

奇怪的是，真正打动我的一刹那，不是庙宇四周的
银杏树蓬勃灿烂的大片金黄，也不是禅院殿堂里飘荡出
来的古刹钟声，真正让我肃然而立的，是径山寺上空那
一望无际的蓝，透明，水洗过一般，没有一点污迹。这样
的蓝天上飘动着的轻柔的云，洁白无瑕的云，像蓝色冰
川上盛开的雪绒花。

这里没有熙熙攘攘摩肩接踵的香客，也看不到追在
你身后强行推销香烛的小贩，更无人坐在庙堂前解签收
钱，一切都是那么安然随缘。

一位眉宇清朗的年轻法师，淡淡地问我们要不要进
禅房喝一杯清茶。我们一行七八个作家这一路喝了金黄
美艳的香莲茶，也喝了由茶艺师纤手点绘出"水丹青"的
径山抹茶，此刻当然都急不可耐地希望在径山寺里品一
盅清心寡欲的禅茶，分辨一下人世间的茶饮和佛道中的
香茗有何区别。

净手,焚香,茶水洗盏,禅音渐起。注水,点火,煮茶,灌壶,茶汤清亮澄明。

手握茶盏,你会觉得,在这一方扫净尘世污浊、摒弃俗世秽气的清雅之地,身心松弛,舒缓安泰。

你不会急吼吼地大口牛饮,你一定会先闻一闻扑鼻而来的茶香,茶香高扬持久,茶汤绿中泛黄。此时再轻轻抿一口,鲜醇爽口,润脑洗肺,烦恼飘散,焦虑无存。

如是生活如是禅,无限天地隐茶间。

喝完径山茶,出得禅房,再看寺庙外的蓝天白云,心境已然不同。

径山寺上空的蓝天白云,是这般的干净、通透,寺庙的飞檐黑瓦,四周的银杏苍松,在蓝天白云的映衬下,显得更加明丽璀璨、绿意盎然。

自然界的雾霾,源自人类对地球无节制的贪婪掠夺,让人类在透支子孙万代的生存环境的同时,将自己一步步推向困境。但雾霾的危害毕竟已经明白可见,人们对它也早已有了防范;人世间的阴霾对我们每个人心灵的戕害,却藏于无形,遁于无踪,邪恶构陷与毁灭良善,常常不留下一丝痕迹。这才是最可怕,也最让人无奈的。

　　我虽然不知道苏东坡当年贬官至杭期间来径山寻绿问茶，是什么样的心境，但径山上能留下东坡居士的洗砚池，至少可以证明，苏东坡专程来这美丽山麓泼墨挥毫、抒发胸臆的次数一定不少。为什么西湖的湖光山色留不住苏东坡的步履，灵隐寺的古刹钟声也叩不开苏东坡的心门，而偏偏是杭城郊外的径山和径山寺拽住了他的心？

　　在径山寺喝一杯静心洗心的茶，仰望蓝天上怡然平和的云，忽然觉得方才在东坡洗砚池百思不得其解的问题，其实答案就书写在蓝天白云之上，用心寻找，一切就令人恍然大悟了。

　　不用向天问云，如何留住那片蓝，只需告诉自己：把心放下，随处安然。

寂之静，寂之境

潘向黎

【不受环境影响的"安"和不随外界转移的
"定"，以及超脱，便是茶道中的"寂"。】

孟冬时节，竟入径山。

入山的路上，心中的盼望欢畅，如万道泉源，滔滔汩
汩。若问缘由，便叫我从何说起呢？径山茶，天目碗，陆
羽，径山寺，无准师范，牧溪禅师的《六柿图》，禅茶一味，
径山茶宴是日本茶道的源头……那么多令茶人仰慕、激
动的风物、风范、风雅之人，彩云般的，一朵又一朵，都升
腾萦绕在径山之上，千年不散。而我，居然有机缘入径山
"吃茶去"，这份喜悦，对 个爱茶成痴的人而言，实在大
到难以言传。

径山位于杭州余杭，为天目山余脉。唐天宝年间，僧
人法钦遵"乘流而行，遇径而止"的预言，在径山创建寺

院。后来,唐代宗诏至阙下,赐他为"国一禅师"。法钦在寺院旁植茶树数株,采以供佛,不久茶林便蔓延至山谷,鲜芳殊异。径山寺自此香火不绝,兴盛时僧侣上千,并以山明、水秀、茶佳闻名于世。北宋政和七年(1117),徽宗赐寺名为"能仁禅寺"。自宋代起,径山寺就有"江南禅林之冠"的誉称。

正是在宋代,日本高僧纷纷来中国求法,而径山寺是他们向往的圣地。除了茶籽、制茶法、径山茶宴礼法,南浦绍明更是将虚堂智愚赠送的一套径山茶台子与茶道具,以及七部中国茶典,一并带回了日本。

所以,从源头上说,日本茶道,茶是径山茶,道是径山道。

吃茶去。径山茶宴。主持的是一位姓王的女茶艺师,眉目清秀,脂粉不施,穿一领赭色麻衫,长发绾成一个单髻,穿着和神态都温和清淡,恰与茶相宜。这些年见到的表演茶艺的女子,有的过于柔艳,美人扰了茶的清净,有的过于高冷,近乎妙玉姑娘,都让人不能安心领受茶中三昧。而这一位,却让我想起一个词牌——"端正好"。她坐下来开始烹水,并不言语,但随着她的动作,茶席渐

渐光亮起来,不知何处传来了《高山流水》的琴声。然后
她为我们点茶,是径山茶,但不是叶茶,而是自己碾磨的
蒸青绿茶的末茶(这便是蔡襄的《茶录》与宋徽宗的《大观
茶论》中均提及的点茶程序中"碾茶"工序的产物;而"末
茶"就是"抹茶",当年在日本留学时,一听"抹茶"就知道
是中文"末茶"二字)。只见茶师"罗茶""候汤""熁盏"已
毕,注少许沸水入瓯,皓腕徐移,有人轻问:"这是做什
么?"茶师轻道:"调膏。"正是。随即"注汤",环注盏畔,手
势舒缓大方,毫不造作。拿起茶筅,持筅绕茶盏中心转动
击打,我忍不住脱口而出:"击拂。"因为这是"初汤",她的
腕力明显蓄而不发,再注汤(第二汤),这回直注茶汤面
上,急注急停,毫不迟疑,再"击拂"时,但见皓腕翻动,一
时间一手如千手,令人目不暇接。这一回茶师力道全出,
击打持久,眼见得汤花升起,茶汤和汤花一绿一白,分明
而悦目。第三汤,汤花密布,越发细腻,随着不疾不徐、力
道与速度匀整的"击拂",汤花云雾般涌起,盖满了汤
面⋯⋯

　　如果击拂的轻重、频率或运筅不当,击拂之后,汤花
会立即消退,露出水痕(即苏东坡诗"水脚一线争谁先"

中的"水脚"），宋代就叫"一发点"，是点茶失败的一种表现。而这次的汤花白如霜密如雪，还经久"咬盏"，我们后来在隔壁用餐，频频过来探视，过了一个小时，汤花居然保持完好，始终没有露出"水脚"，实在令人惊叹。这是我见过的最精彩的点茶了。

日本茶道有"和、敬、清、寂"之说，对其中的"寂"，我一直体会不真切，在日本感受和揣度到的，似乎接近外表残缺、暗淡、干枯而蕴含厚味的"侘寂"，至于中国茶道，自然又不尽相同。

这一次，在径山，我悟到了何为"寂"。

在径山寺，当我们在禅房中品饮禅师亲手烹制的径山茶时，有一位同行的朋友问："外面在施工，会不会影响你们每天的功课？"禅师微微一笑。又一位朋友说："施工是一时的，游客倒是一年四季都来的，可能你们会觉得吵。"禅师依旧专心致志、动作和缓地将茶斟完，然后轻声答："这些都和我没有什么关系。"表情波澜不兴，不，连一丝涟漪都没有起。

这才是"寂"——不管发生什么事情，都不为所动。不受环境影响的"安"和不随外界转移的"定"，以及超脱，便是茶道中的"寂"。

"寂"是方式，由此进入茶，但通过茶，"寂"也是结果。这一层，我从来没有想到过呢。坐在径山寺的茶席上，不敢造次妄言，但心中的喜悦，如茶香飘起，似汤花涌起。

茶席上的插花，是一枝细小而素白的茶花，就是我们在上山的路上随处可见的，不知何时，竟然飘落了两瓣，剩下的几朵，以一种随时可以滑落的姿态停留在枝上。径山寺，竟然连一枝茶花都美得仿佛有微言大义。众人不知何时都静默了。一安静，顿觉整座径山是空山，外面落叶满径满山，唯有面前这一盏茶，越喝越润了。

闲看几朵花

鲁敏

【屋顶那几道素光,光中那半盏温绿,盏里那一朵抹茶花,简直像是茶与人之间的一种珍重与约定。】

杭州的余杭,有座径山,山名真好听,谦逊、隐约、天真如君子,真的像一条默然的山中小径,通往别一处幽天。此番来径山,一共待了一天一晚,什么要紧事都没干——除了看了几朵花。

山脚下有一处花海,叫千花里,花朵们挤挤挨挨,漫至天际,像跌落人间的斑斓星辰、彩色银河。众人也都算是见过世面的,仍然显得笨嘴拙舌,只会如小学生写作文似的感叹:"哎呀,太好看了! 你看这一片,简直像一阵紫雾啊!""不不不,那一片更好,黄得太凡·高了啊!""看,这是荞麦的花! 还有这,名字叫'粉黛乱子草'!"我们不

092

顾一切,像扎猛子似的深入花海之中,去最大限度地亲近那些花朵,包括花朵的背面,包括它开始卷曲的叶片,包括半有零落的花瓣,以及那些褐色的小小果实——这更加让人感慨了,花从来都不只是花,从它的这一半繁华一半枯萎里,我们分明可以看到时光,看到耐心,看到轮回。

黄昏的时候,我们转道前去品尝径山最为出名的禅茶。十几位朋友中不乏对茶道颇有研究的方家高人,但两道茶艺观赏下来,还是大为感叹。比如茶艺师用茶笔调制抹茶粉,使之均匀细腻,形成黏稠泡沫的"无影手"手法。再比如"水丹青",是在抹茶泡沫上作画。这是茶道中的高难动作,除了视觉、手法、画质以及最终的口感之外,还有一个很特别的考量因素,即绘写在抹茶泡沫上的"水丹青"能够持续多久。一幅"水丹青"挑抹点画完毕,众人即安静地等待着,茶席上数目交错,反复盘桓流连于这幅抹茶丹青,等待着它的消瘦、弥散,直至无形。一刻钟过去了,半小时过去了,这一盏抹茶上的手工"水丹青"仍然完美如初,寂然不动,像一朵在时间里定格了的花。于是,大家齐齐为茶艺师鼓掌,同时一致决定,不分享这杯抹茶了,且留下这一幅水丹青在茶室,让花朵自去开放。屋顶那几道素光,光中那半盏温绿,盏里那一朵抹茶花,简直像是茶与人之间的一种珍重与约定。

晚饭后,整座径山和附近的乡村都沉入了一大片甜黑,我们坐在车里,在甜黑里往村子深处开。车灯照处,可以看到收割后齐刷刷的稻茬,有半塘残荷,还有秋天那些裸露着的田埂与沟渠。走过一条弯弯的小道,甜黑里突然斜挑出几星暖灯,投宿的客栈到了。我们的低语和笑声惊动了客店里的两只家狗,它们突然高一声低一声地叫起来,直听得我心花怒放又泫然欲泣——为什么?因为在我整个的少年记忆里,在最脆弱的时常发作的乡愁里,黑夜里回家,头顶繁星点点,耳边狗吠声声,这便是我理解中最完美最真切的家乡的夜晚啊!

把行李放好,我们几个就一齐趿拉着拖鞋聚到客厅,大厅有非常自在的茶室、视听室,还有壁炉与书柜。我们关好大门,烧热茶水,盘腿而坐,分食点心,讲故事讲笑话讲文学讲往事,简直像坐到了上个世纪的俄罗斯小说里,又像是坐到了三百古诗里,各种意象连绵而来,"闲敲棋子落灯花""风雪夜归人""能饮一杯无"……直到困倦如小天使般降临,才各自上楼去歇。我站在环形楼梯口,非常郑重地拍下了一长串造型现代的橙色吊灯——这不是古时候照着棋盘与黄酒的青灯，也不是少年求学时等候着我的那盏亲人之灯，它只是这家普通民宿客栈的一串睡前之灯，温和、包容地照着各自掩上房门的行旅者，但它的光泽，它的灯花，我敢保证，一定会开放在每一个旅人的枕边，进入他们的悠远梦境。

我在临睡前，又非常仔细地确认了一下，在径山的这一天，真的什么要紧事都没干，只看到了几朵花——花海的花，抹茶的花，夜灯的花。但是，我很满意，很平静，甚至接近一种幸福了。

径山，晚安。

卷三·自在赏味

径山之夜

草白

【茶的源头和起点正是茶人茶事本身，是仪式里的日常，也是往昔世界里的形象和声音。】

那日黄昏，入赫赫有名的径山。由山脚一村至山巅一寺，茶园、竹林于窗外暝色中浮掠而过。山林清寂，山路蜿蜒，春风中弥漫着花草香，禅院僧舍如在眼前，如在林中。前往山顶途中天光渐暗，树影斑驳，风摇影动，宛如绿野仙踪。心有欢愉、希冀，又惴惴然，好似赶赴盛宴途中。

一场筹备已久的茶宴，已在山上等候多时。

春山、月色、茶烟，落花、清泉、新竹，厅堂、木桌、灯火，人群自四方围聚而来。因茶而来。无论来客平时为何种身份境遇，或尊荣或卑微，到了山寺，入了茶舍、禅院,便只剩下"茶人"这一本分。茶人不仅为品茗闲谈之人,更是此刻此在的人。破执。忘我。神游。

灯下饮茶,也听人谈论茶。淡然、闲散的眼神,每听到会心处,笑意于嘴角眉梢浮现。不自觉,不自知,完全是下意识所为。此种感觉久违了,感激于分享者的慷慨与美好。无私心,无分别心。一个人要经历多少风雨,才能站于此刻的灯月之下。分享者所诉无非是"茶",无非是"回归"。回到自己,回到此刻,回到内心。而茶是天赐的媒介,是地上瑞草,人间甘露。

每人手捧一杯径山茶汤,条索匀整、纤细,色泽绿润,于透明玻璃杯中一一打开。芽叶沉浮,宛如天女散花。眼前似有绿波横陈,洗眼,更洗心。春天的气息、山林的气息,尽在这一杯茶汤里了。

偌大的屋舍,不说人头攒动,但也聚着不少人,此刻却集体屏声静气,安静极了。喝茶、问茶,要的就是这份静。人心一旦静定下来,个中滋味自然呈现。素不相识之人之间也见了真意。茶水相依,水懂茶心,茶亦知水意。两相缱绻,各尽所能,各得所好。头杯滋味淡然。二杯茶味馥郁。三杯醇和悠长。三杯之后,各人便陷入各人的心头事里了。

　　向来是人前深意难轻诉，可对于茶，人们是可以倾诉和言说的。诉说者为一中年女性，肤色深黝，眉目淡然，衣衫简净，不像茶学院里学富五车的教授、博士生导师，倒似一个惯于背着布袋逛菜场和公园的家庭主妇、生活家，似于自然山野中频频出没的人，也似红尘世界里的隐身者。

　　因了茶，更因谈论茶时的语态、神情，我记住了她。她的声音饱满而明亮，就像那晚寺后的月亮。她气息匀称，主动弃了话筒、扩音设备，任体内声音自然流淌，当于众人耳边拂过时，宛如一缕带茶香味的晚风。

　　话题由茶而起，却不止于茶。我听见春山苏醒、溪鸣山涧、绿叶萌发，听见我与我、我与世界、我与一杯茶之间的恳谈与交心。

　　人心静，茶烟起。历史风烟中，径山古道上陆续走来法钦禅师、陆羽、苏东坡，他们开山种茶、煮茶著经、煎茶写诗，如今茶林茶花仍在，笔墨诗歌仍在，泉石遗迹仍在。之后，欧阳修、陆游、徐渭来过，金农、龚自珍也寻踪而至，无数的本地茶人、异国僧侣来到径山，喝过径山的茶，数过径山上的云,听过春山里的微雨和落花。每个人都在试图与一座山、一杯茶建立联系。

在往来径山寺的僧人禅师中,我认出一个叫心地觉心的人。他是日本临济宗的禅师,于 1249 年渡海来到当时的南宋,原本想拜入径山寺无准师范门下,不想法师于他抵达之先便已圆寂。值得一提的是,南宋画僧法常正是无准师范的法嗣,《六柿图》为其代表作——此画被他当作礼物赠予同在寺里修行的日僧圆尔辨圆。作为同样渡海而来的僧人,心地觉心也从当时的南宋带走两样宝物,一样是径山寺的豆酱,由此开启了日本酱油的历史;还有一样是杭州护国寺的尺八,形状似箫,音如明月孤峰,成为日本僧人修行的法器。

此后不久,尺八之音绝迹,《六柿图》也成了异国的国宝,只在特殊空间里流荡,但从未被人真正遗忘过。

未想到径山还是日本茶道的发源地,径山寺的抹茶居然是日本抹茶的鼻祖! 而我第一次喝抹茶是在 2023 年秋天的金阁寺。夕阳余晖下,漫步于寺后山坡上,从不同高度和角度都能望见贴满金箔的舍利殿主体,宛如赤金打造的辉煌宫殿;或于松林的后面闪耀,或位于织锦的草地那头，光线于高处从天而降，像被洗过似的澄澈，令人惊叹不已。那天，我们脱鞋进入一林间茶舍，淡黄色榻榻米上铺着红色长条软毯，众人席地而坐，坐在那红色的一横之上。茶盘端来，只见一红一黑两只小木碗。黑木碗里盛着深绿抹茶，有白花浮在碗面上。红木碗中央点缀着一方小巧、别致的白色糕点，上面分布着山脉和寺庙浮雕，为金阁寺造型——如此精美，竟不忍心食用，怕破坏造型。

静坐饮茶的十几分钟内，竹编门帘外松风拂动，阳光穿过枝叶洒下点状光斑，光斑落在淡黄而暗旧的榻榻米上，再返照至室内墙上。佛龛里的神像，似也在静听松涛声浪。那一刻所获的安宁竟成了整个旅途的安慰。

后来，由抹茶和冥想所带来的时间体验，我称之为"茶时间"。我们的生命中需要多少这样的"茶时间"，才能获得足够的庇护和滋养？

其实，上径山之前，我们在山脚茶舍里体验过"点茶"。乍一看，以为茶席上的插花是桃花，粉粉灼灼的花瓣儿，映得叶片也成了粉绿色。经同伴提醒，才发现还有一枝垂丝海棠相伴。同为粉色系的花枝插于湖绿色玻璃瓶中,好似春水之畔湘妃色花枝的倒影,莫名地令人生出一股怜惜之意。来径山之前,春天便已打开它的八宝盒。山野大地,笋如玉箸椹如簪,更有花开处处。大自然的花瓣中,最惊艳的自然是粉花,尤其是当它与娇嫩的绿同框时,淡粉浅绿,光风霁月,无穷绿波,无限意。

素色茶席上,计有茶勺、茶筅、天目盏、汤瓶、茶盒等物。抹茶粉已备好。热水已备好。更有窗外春光,万物生辉。茶色贵绿,茶花唯白。点茶工艺颇为烦琐,最要紧处不过是如何注汤击拂,以茶筅击打出白花。上等的点茶,白乳浮盏面,如疏星淡月;最终会出现"咬盏",杯盏里白雾泛起,却纹丝不动。

我们是首次"点茶",看着眼前茶具,兴致勃勃,却慌乱无头绪。左手握盏,右手持茶筅,搅得手腕酸胀,仍不敢歇息片刻。茶汤逐渐起了浮沫,颜色由翠绿、奶绿过渡至奶白,好似盛着半盏雪花。我们在"雪花"上写字、画画。有人写下"春"字,再写下"空"字。有人画了桃花,再画绿叶,还有流水为伴。

"点茶",盘点的是此时此刻的心境,看着盏中白雾、雪浪,好似看向水中月、镜中花。人生从来不只有顿悟,更多的是渐悟，需要时间、阶次的在场和参与，需要日常生活里的点滴沟通。

当在灯下回望白日里的点茶、席上妃红色的花枝，竟有重返山野自然的冲动，哪怕只闻一闻草木花树的气息也好。寄宿的旅店有日式庭院，连不起眼的青苔、枯石都能用来造景，真是处处散淡，处处用心。灯下花树开得繁密，落花也繁密，雪瓣成堆，红蕊层层，好似时间脱下的锦绣外衣。

不舍得上床睡去，如此山中春夜，花也醒着，天地万物都在醒时，鸣虫的欢唱也加入进来。喝茶的时候，会听见落花声。抬头的时候能看见月。天心一轮，恰是满月辉光。更多的花藏在暗里，夜间看不真切，但还是想看。走走停停，只是绕着几棵花树走，又走回起点。树木开花，枝条隐去，只看见花。甚至花也隐去，只看见一片茫茫白雾。开花让花树变得更轻盈了，好像不是开在树枝上，而是开在无边的虚空里。如此想着，便觉得这夜晚很不真实，这庭院楼台很不真实，这繁花密林像是人为架设的舞台，观身观心，如梦似幻。

从花树下走过，树忽然降下一阵急切的花雨，好似心头所想获得冥冥中的回应，一时间百感交集起来。回至屋内，灯下翻看陆羽的《茶经》，读到谈茶树实体，猛然一惊，"其树如瓜芦，叶如栀子，花如白蔷薇，实如栟榈，蒂如丁香，根如胡桃"，忽觉平常之于茶树的看见完全是盲见，似乎从没有真正地看见过它，更无法从千树万树中将它辨认出来！

想起午后随众人去看陆羽泉，粼粼水波，竹影微晃，青苔横生，又看到石碑上的大字"大唐陆羽著茶经于此"……遂觉一切都是真的，它们真实地发生过。一千二百多年前，一个叫陆羽的茶人来过此地，也在这样的春夜里，于花树下、溪流边摆设茶席，烧水煮茶，喝茶著经。

无非是一片叶子，一盏茶汤，一本茶书。它沟通古今，也延续当下。茶的源头和起点正是茶人茶事本身，是仪式里的日常，也是往昔世界里的形象和声音。通过一杯茶汤，细节浮现，栩栩如生。

明日便是径山禅茶第一片鲜叶洒净开采的仪式，茶人来此山寺，大都为目睹此盛况。黑夜尽头，便是漫山遍野的茶园和茶花，便是无穷变化的春日山野。采茶需郑重其事，点茶、献茶、喝茶也如此，任何与茶相关的人事都需虚左以待。

　　山顶之上，便是茶园。据说，茶园里除了茶树，最好还能长些别的花木植物，比如清明草、映山红、樱花树、杨梅树、橘子树。一位资深茶人告诉我，它们将对茶树起庇护作用。

　　旅舍窗外站着一株东京樱花，夜色中，气味先于形色奔涌而来。不知明日清晨，推窗望去，将是何等胜景。我想象在那平畴沃野般的茶园里，如果长着这么一株花树，又是何等灿烂、明亮的景象。

　　这么想时，我抬头，再次看见檐上的月亮。

无我茶

何婉玲

【一个杯子空了，才能盛放更多东西。一个人内心空了，才能接纳更多见解和知识。一座山空了，才能体会、感受更多声音和风景。】

1

夜晚，我们与径山寺仅一墙之隔。凌霄阁亮起灯光，愈发金光璀璨了。这种璀璨，并不迷离，反倒有一种让人清朗通达的澄明。

这一日，我们无时不在饮茶，饮天目盏中击拂出白花的抹茶，饮茶室里带着乳香的明前五峰茶，饮染井吉野瓶花前的花下茶，饮一盏盛着月光的水边之茶。

山中的月，从径山寺后方升起，月光落在山中马尾松、木荷、香樟、石楠、枫香的叶上，像铺了一层白的糖霜。林中兴许还有野兔子在奔跑。

月亮倚靠着寺庙尖顶，宛若寺庙的一部分。

一群人在径山山脚吃过了晚餐，仍是意犹未尽，山路十八弯，驱车到了山顶，相邀着水边再叙。

我和松三拉了椅子坐在水边喝茶。夜风有点凉，我裹了裹衣衫。我们同时抬头看到了月亮，她说"今晚的月亮真美"，我没有接话，彼此都沉浸在月光里。

"今晚的月亮真美"这七个字，真是让人回味无穷。

无论是晓月、冷月、残月、圆月、蛾眉月，都要有人一同赏才好。无论是明前茶、雨前茶还是寒露茶，都要有人一同饮才好。

喝茶喝酒聊天，不觉已至深夜，大家起身告别。我将松三送到她住的那幢小楼楼下。深夜十二点，海棠花未眠，正巧被我们遇到。她没有直接进门，而是在院子里站了站。落英缤纷的庭院，兴许比繁花缀满枝头更值得欣赏。随后，她又抬头看了一会儿月。

我顺着她的目光，看到在风中瑟瑟发抖的那轮月亮，像挂在寺庙檐下的一盏纸灯笼。

我想到吉田兼好在《徒然草》中写过类似的场景,女主人送客出门,没有直接转身回去,而是"又抬头端详了一会儿天上的明月,这才关门回房"。

不同的是,松三看月,而我在看她。

我始终觉得,一个人抬头看月的画面,有一种无比动人的美。

大约白日喝了太多茶,我从未像今日这般不肯入眠。茶能清心、醒神。径山僧人喝了茶,可以通宵坐禅而不眠。

那就不眠,在阳台的月光下再坐一坐。

我慢慢折回房间,烧水,泡茶,推开二楼移门。不知谁家院子里有一树樱花,云霞般笼在青苔遍布的小径上。随风而起的花瓣,在路灯下,如雪,如云,如美人,是春日哀而不伤的一场浪漫。

前阵子在家一直喝陈年普洱茶。明前径山茶与陈年普洱茶,可谓泾渭分明的两种茶。明前径山茶淡,如春雾薄薄笼罩的云烟,淡如水墨,淡如浅晕,好似平淡生活,不惊、不喜,但也不忧、不愁;陈年普洱呢,越泡越醇厚,厚得好似能喝出果香,普洱茶可不是春日山林的轻烟薄雾,而是深山雨林中的恣意生长，藤蔓交织，林深荫翳，要么阳光普照，要么雨季连绵，茶味中有老态龙钟，亦有淳朴霸道。

在月光下适宜喝明前径山茶，茶香清澈，仿若能涤荡心中污浊之气。蔡襄说径山茶"清芳袭人"，果真如是。

径山寺有禅意，径山茶亦有禅意。茶有禅意，是真有道理，只要闻到这股子茶香，便觉人间烦冗，没必要太纠结，没必要太自扰，没必要让太多难过缠绕心头。喝径山茶，好似读散文，阅读过程中，觉得字字美好，句句灵动，合上书本后，却是水平如镜，雁过无痕。

这正是我喜欢散文和径山茶的原因——轻盈盈的，过程有愉悦，结果没负担。

喝茶如是，生活也该如是。

我抬头看向窗外，月亮，花瓣，水流，灯光，长廊，庭院，星星满天，我独坐饮茶，万事万物奏响天籁般的梵音。这种梵音，让我从喧闹的旋涡中平静下来，成为汪洋中最底层的深水，没有汹涌澎湃，没有随波逐流，只有不动声色的寂静流淌。

越来越喜欢这种独坐的孤独。

孤独不是只剩下一个我，而是我在孤独中感受到了天地万物。最好的孤独是一种无我。无我，但有潺潺流动的溪水声，有空谷鸟鸣，有竹子飒响，有风吹旌旗，有月光下的这杯径山茶，腾起了白花花的水汽。

我喜欢这样的孤独。

2

第二日早晨，是径山禅茶的开采仪式。

上午 9 时 30 分，一阵梵音响起，僧人们站在台上，一齐低声吟诵，声音从鼻腔中传出，没有词句，似乎只有一个字，"唵——"。

这声音起先单调枯燥，却渐渐渗入人心。这段吟诵一直盘旋在我头顶，如牛在水边嚼草，如最古老的歌曲，似乎想要向我传达些什么。慢慢地，诵声变得安宁、圆满，抚慰人心，它穿梭在我的呼吸吐纳间，穿梭在我合十的指缝间，穿梭在茶园中的叶子间。我站在原地，被这单纯、缓慢的声音一次一次击醒。

接着开始洒净仪式，一众僧人背着竹篓，沿着茶山石径走入茶园，僧袍拂过茶树枝叶，径山禅寺方丈戒兴法师亲手采摘下"禅茶祖源"第一片春日新叶。

径山主峰凌霄峰，海拔 769 米，周围又有五峰环绕，堆珠峰、大人峰、鹏搏峰、宴坐峰、朝阳峰，奇峻深幽。这些茶树，最初只零星在五峰的云雾缭绕中寂静生长，1200多年前，一个僧人将其带回栽种。这个僧人就是径山寺开山祖师法钦禅师，他从山野间将茶树带到寺庙，为它修剪，灌溉嫩叶，将它采摘，然后供于佛前。清嘉庆《余杭县志》记载，法钦曾手植茶树数株，采以供佛。逾年，茶树蔓延山谷，其味鲜芳，特异他产，即今径山茶。

径山茶何以成为"禅茶"？

因为它种植于寺庙，它被僧人采摘，它听过暮鼓晨钟，它闻过释迦宝殿前的缕缕香气，它被僧人洒净过、祈福过、颂赞过，它是山寺之茶，它有着千年佛缘。

采摘结束，众僧经祖塔、御碑亭、道渊亭、山门照壁、五凤山门，回到祖堂。戒兴法师像 1200 多年前的法钦禅师一样，将每年新摘的茶叶，供奉在佛前。

在径山，还有一套"径山茶宴"自唐宋流传下来，是径山寺接待贵宾的大堂茶会。张茶榜、击茶鼓、恭请入堂、上香礼佛、煎汤点茶、行盏分茶、说偈吃茶、谢茶退堂,这套仪式里有禅院清规,有儒家礼法,每一步都端正,每一举手都清雅。2011年,"径山茶宴"被列入第三批国家级非物质文化遗产名录。

径山的朋友告诉我,品径山茶有三重境界:头杯茶味平淡,二杯茶味浓郁,三杯茶味醇和。

在月光下喝径山茶的那晚,我觉得,喝了径山茶,人也有三重境界:头杯茶让人放松,二杯茶让人神游,三杯茶则让人忘我。

忘我则无我,此处又有禅意。

前一天晚上,在径山禅茶文化交流中心听浙江大学胡晓云教授分享径山禅茶文化。她身穿棕色对襟麻衣,短发拢在耳后。会场里坐满听众。她不持话筒讲课。台下有学生说,听不清!她便停止讲话,心平气和,一言不发地站在台上。

台下听众不得不安静下来等她说话。不一会儿,会场就恢复寂静。

静下来的一刻,禅意就来了。

　　她这才娓娓道来。她说，一斤茶里有几万颗芽。她说，天下禅茶出径山。她说，这杯径山茶，是一杯禅茶，一杯乐身茶，一杯无我茶。

　　什么是无我茶？晚上坐在阳台，我一直在思考这个问题。

　　无我是空？

　　一个杯子空了，才能盛放更多东西。一个人内心空了，才能接纳更多见解和知识。一座山空了，才能体会、感受更多声音和风景。

　　无我是不遇？

　　苏东坡三游径山，写了十多首诗。苏东坡到过很多地方，却希望晚年能在径山住下。他说，想在径山置五亩宅，能够"筑室安迟暮"，过一种"洒扫乐清净"的生活。他在《送渊师归径山》中写："我昔尝为径山客，至今诗笔余山色。……山中故人知我至，争来问讯今何似。"径山有一石碑，碑上刻了苏东坡游径山时写的诗句，明代慎蒙见过这块碑。虽然诗碑爬满苔藓，但用手细摸，还是能读到碑上诗句。只是慎蒙亲手摸过的这块石碑，后人踏遍径山上下，都未曾遇之。不遇，但不遗憾，依然为这不遇，一次次到来。这或许是一种无我。

无我是无为？

我在径山村的一家餐厅，看到一个茶叶沉浮装置：一个透明水箱，通过水的动力，艺术地展现茶叶在杯中上下浮动的姿态——浮得上去，又沉得下来，像一群绿色蝴蝶翩飞，又像深海里某种鱼在不停游弋。

餐厅外的一树樱花正在飘落，樱花飘落的时候，就像杯中茶叶，慢慢飘浮后沉淀在杯底。花开时绚烂，花落时沉寂，一朵花并不以外物为喜，也不为自己感到悲伤，只是一年一年在经历周而复始的四季轮回。

茶叶沉浮，樱花飘落，不正是一种顺其自然、追逐随缘的无我吗？

我想起清末与张大千齐名的画家溥儒，据说，他画有一幅《空山煮茶图》，画中林木蓊郁，山林寂静，屋舍简朴，可画中无一人，无一茶具，亦无一炉。题诗曰："西风吹橡叶，摇落满山家。石径无行迹，空山自煮茶。"石径上没有足迹，林中无人影。那么是谁在煮茶？是独饮还是对饮？是在屋舍里饮茶，还是在山林里饮茶？全凭观画者想象。这幅画里，或许就藏着一杯无我茶。画中无我，茶中无我，但我既在画中，又在茶中。

这幅画我没有见过，但我在画册中见过他另一幅《煮茶图》。画中古松郁郁，松下有四个小童子，一童子蹲在地上展开存放茶具的小布包裹，一童子在山中矮坡处捡拾松针，一童子站在炉前摇扇煮茶，炉火正旺，火苗朱红，还有一童子扭头看向在取茶具的童子。主人呢，坐在松下，双手抱膝，专注地在听——风入松。没有喝茶，只在听风。我觉得这幅画里也藏着一杯无我茶。我无茶，茶无我，唯有绿树荫浓，松风飒飒。

在径山寺喝茶，能找到与溥儒《煮茶图》中相似的无我之意。无我，可以是喝茶时没有我，也可以是我没有喝茶。

故，茶在不在手边不重要，重要的是抬头看树，古树皆高，低头看溪，溪水潺潺，侧耳听风，松风幽响……

白云自去来

伍佰下

【说神奇，也纯粹。一切起因于径山茶，一切原料是径山茶，一切呈现是径山佛国与自然景象，一切因果，来自径山茶。】

缘起，茶。

茶起，画。

画尽，还是茶。

其实是先品到这座山的茶叶与茶水，才有后来双脚踏上径山的际遇。

到余杭的第一天，晚饭前已是饥肠辘辘，暮色四合，几盏青灯斜射在餐室隔壁的一张大茶桌上，映照出七个疲倦的身影。

这时候，只看到齐眉刘海、颧骨高高的她不期而至。一袭红色无领对襟丝麻上衣，脸上带着些隐约的笑意。

她打开茶具,一边用二分之一于我们的语速说话:别误会,我不是茶道表演者,我只是玩茶的,跟朋友玩着玩着,也就喜欢上了。

用的是径山绿茶做的抹茶粉。大小茶壶碗盏摆开,捻、冲、滤一气呵成,她用李安一秒一百二十帧拍着都可能虚掉的速度将茶粉打匀。成就的一碗茶汤,竟然没有什么浮沫。一如端坐一刻钟,除了手势和微笑,几乎没有动态的她。

分到七个慵懒的小盅里的茶汤,就够润一润喉。然而,这几滴下去,七个慵懒的身影却忽然各自活泛了。有说闻到了奶香的,有直接问怎么喝出点甜味的,有用舌尖舔杯底余味的。我是直接倒下去的,根本没来得及咂摸,这时候也惊讶于口里的回味。那种味道好像极其丰富,难以名状,可又好像什么味道也没有,只有齿间的芳润,幽然地释放着。

难以置信,抹茶怎么会有这样的味道?

确实是径山茶叶捻碎成粉的味道。只是茶叶,别的什么都没有。她说。

在第二、三杯的捕捉后,她将我们浸润了茶色的眼神,引到另一个茶碗上。这一碗不是用来喝的。她说,我要分茶了。

一些时辰后,极少浮沫的那一层圆形的茶汤上,浮现出一段古意时光。近景是竹枝与梅花,中景是古刹屋檐,屋檐旁留白处的飞鸟,切出了远景。

一切是她以牙签尖部蘸上抹茶粉,用干茶粉的浓,刻画于抹茶水的淡幕上。

说神奇,也纯粹。一切起因于径山茶,一切原料是径山茶,一切呈现是径山佛国与自然景象,一切因果,来自径山茶。

举座无话。

忽然,她抿嘴一笑道,分茶的时候,有的师傅会故意掉一样东西,比如不经意摔一个茶碗,弄出一声巨响。往往这个时候,茶客才恍然觉悟,窗外有清风明月,眼前有青灯茶画,才明白自己置身何处。虚虚实实。那,也往往成了分茶的一部分行为艺术。

她这句话,就是摔了一个茶碗。

七个人的眼光游离。窗外修竹,白墙。径山早已隐没。这个时候,心底静处能够听到山风。

我的心神野出去后,不敢久留,心中有谜未解,又回到一直担心着会不会消失的茶画上。

却见它纹丝不乱。

一个半小时后,在隔壁用完晚饭,七个人惦记着这扇圆形的茶画,想着它会不会经历《我不是潘金莲》中的那般变化。但见圆画上,屋檐旁的飞鸟渐渐淡出,竹枝抽出新芽,画形渐变,但时间还在继续创作,没有破坏它的意思。这时候,窗外的星光热闹起来,大概借了月亮不亮的机会。径山脚下的空气,仿佛也带着抹茶味道。

缘起,茶。茶起,画。画尽,还是茶。

这一夜,我放下了上午上高铁前还在焦虑的另一座城市里的事情。梦里,空无一物。

似此夜那样吃茶,原是一千多年前陆羽就记载得很清楚的一种情状。

《茶经》里,从源、具、造、器、煮、饮,到事、出、略、图,他录下的茶艺之道,是我们曾经有的生活,却又在细雨轮回中失落。这些年重新捡回,或有人说,重新从东瀛"借鉴"了回来。

如此说来,好的东西,尤其是不成形的、非物质的

"道"或"艺",大概也没有那么容易彻底失去。

何况在余杭此处,有开山鼻祖法钦亲手种植、而今漫山遍野的茶林茶花在,有浸润在茶香中的千年径山寺在,有巡幸径山的六代帝王的遗迹在,有两仕杭州的苏轼的笔墨在。

欧阳修、陆游、徐渭离开了,金农、龚自珍又来。他们的踪迹许会模糊,但文墨余香却留在径山茶里。

故而,径山岿然,风轻云淡。也才有我们的好茶喝。

第二日,真正的径山,几乎是"飘"上去的。

前半程兴奋,是被满山苍翠"抬"着脚步上的。

后半程,出了许多汗,停了三四站,在古老和新栽茶林的渐退渐隐中,腿脚也跟着绵软起来。

到了离江南五山十刹之首的径山万寿禅寺最近的一个瞭望平台时,看到遮天又遮山的白云与我平起。想起"青山元不动,浮云任去来",顿时一身轻松,想象自己是云一样飘上来的。

入径山寺前的五百米路程,"云朵"忽然飘不动了。

立在路旁的许多木制铭牌上,写着诸位祖师留下的悟天感世的"法语",更有那南宋楼钥所书的《径山兴圣万寿禅寺记》，洋洋洒洒录下繁华盛景，让千年前的岁月一览无余。三步一停，一路看去。

"去时夏暑侵衣热，归日秋风满面凉。"

"一切处荡然，无障无碍，无所染污。亦不住在无染污处。观身观心，如梦如幻。亦不住在梦幻虚无之境。"

后一句是叫人放空吗？

寻思着，忽就来到寺庙前那株高大的银杏树前。我站在千年割昏晓的它下面，想象着它站立的数十米高处，目之所及是什么样的风景。

一阵风过，抖落金黄一片。

忽然笑觉，我就是站成了一棵树，大概也看不到古银杏见过的风景。我这个新客，最多就是从它抖落下的几片叶子中寻觅千年前的踪迹。

一千二百多年来，万寿禅寺没有避开乱世中的苦难，修了毁，毁了修。现正重修，最高顶在塑造径山大佛，据说明年可成。寺内脚手架林立，也就无甚可看。

住持出访去了。小师父方秀兼有，把正猜着寺前幌布上禅语书法的我们，请进门去。

喝到了径山红茶。

点茶，献茶，闻香，观色，尝味，听叙。

我只顾看他在七个茶具旁列着的宝瓶里插的那枝山茶。那花瓣的色彩，和杯中茶色、师父袈裟的颜色，竟然不谋而合。

手欠。不老实喝茶，挪向宝瓶玩看。还没到跟前，黄色茶花飞堕枝杈，睡在我的茶杯前。

径山容得大呼小叫，容得内心杂念搅动，茶花飘零，它自去来，不露声色。

小师父依然向每个人微笑。

下山时，在高台眺望。上午遮天的云，此时散开。窑头山、岩山、鸬鸟山、黄回山、马湖山、舟枕山……九龙环绕。如果视力好一点，上千亩的径山花海，三千亩的溪滩竹海，上万亩的碧绿茶园，特别是余杭最大的人工湖——径山湖和她怀里已成气候的湿地小渚，也是历历在目，可以让人痴望许久。

可这个时候，好像没有心情贪恋风景了。

想起万寿禅寺门前那棵长到云雾中的千年银杏。它什么看不到？它还想要看什么？

到得了它的高处，便到处是山，到处是茶，到处是禅。

到不了它的高处，便跌进江南的怀里，便泡进径山的茶里，便步入柴田的鸡鸣狗吠里，也坦然，也自在，也喧也满，却也空。

就像此行径山，两度喝茶，当中看山，红红绿绿。想又如何，不想又如何。

当又要跨上子弹头一样飞驰的高铁列车时，低吟出两联颇具趣味的径山祖师法语：

诸佛出身处，浑不用思维。

早晨吃白粥，如今肚又饿。

山中何所有

【禅意如同茶味，禅无文字，须用心悟；茶呢，也须有心人品。】

陆梅

爬过很多山，还是喜欢山的深秀。若是这深秀的山里还有古寺名僧和神妙的历史，那几乎就是我理想中的美地了。很多时候，对太过佳美的东西，我们会心生向往，却又敬而远之。怕一俟走近，那些佳和美都经不起推敲，纷纷落败，反添失望。所以，从大径山归来，我一时无语。甚而怀有一点私心，总不愿以文字道出这难得的理想美地。日本作家水上勉在《京都四季》一文中谈及一株三百多年的樱花树，只说在"京都北面山村的古刹里"，"乘车五十分钟"，"关于此刹我得保密"。

你看，那些被视为美的东西，何其短暂脆弱，根本经不起一次次地被探看、被惊扰——比如幽僻不受人扰的小村小镇，一旦观光客追逐滥游，难保幽境不被践踏。所以每个远游者，都有过极其个人、极其荒幽、极其不愿与他人共享的"秘密角落"。遗憾的是，都只是"有过"。而所谓的"秘密"，也大有可能在你是惊喜，在他人确乎平常。如此放低了姿态，那么我所谓的"秘密角落"，无非一些微物之美。

比如径山脚下的陆羽泉。手机里存着夕晖时刻随手拍下的照片，深茂竹树直冲天庭，阳光漏将下来，就被染绿了，洒泼在卵石、泥地、泉眼和一面苔青粉墙上，真真山静似太古！边上的木牌上印有如许文字：

据明嘉靖《余杭县志》记载："陆羽泉，在县西北三十五里吴山界双溪路侧，广二尺许，深不盈尺，大旱不竭，味极清洌。"

说的是这陆羽泉和泉边的黄泥小屋（苕溪草堂），是一千二百多年前茶圣陆羽煮茶论经写下旷世名著《茶经》的地方。我对名人行迹的考据总是漫不经心，历史难有唯一的真相，今人观古迹，不求甚解亦无妨。脑海里翻出一句话:"现代人缺的是静下来内观,与古人对坐。"抬头,忽见园子里有亭翼然,五根合抱木撑起一角天,名羽泉亭,夕晖照在合抱木上,读到一联:"一生为墨客,几世作茶仙。"心下确然,那一刻的想法,不过是在亭下的空竹椅里晒晒太阳,呆坐片刻。

不容旁枝斜逸,一众人驱车往陆羽山庄。这一晚的观茶宴、住民宿,和翌日一早登径山古道,访径山禅寺,都美得像个梦。于是乎确信:我们有时去往一个地方,因之而心生欢喜,所见所感所悟,可能只是来自很微小的事物,但是因为照见了自己的内心,便感觉那一刻格外自在而美好。

那一晚,住在径山隐隐环抱的山村民宿里,很有稳稳的踏实感。刚收割过的稻田扑面一股清新气,几只鸭子归了笼,半亩荷塘在黑晕里兀自枯瘦着,狗吠声急促响起,惊动了茶花上的夜露。喝了些酒,微醺,暖意。黑黢黢卜了车,廊檐下有灯亮起……人生有几回那样美妙的时刻?应当珍惜。

所谓感受微物之美,即是对这样一些微小事物的敏感,愿意为这些微小而停留。乡村、山水、老字号的小镇文化、旧有的传统……它们的存在，是对城市人的一种提醒，提醒他们不要走得太快——忙，就是"心死亡"。《菜根谭》中说"文章做到极处，无有他奇，只是恰好；人品做到极处，无有他异，只是本然"，这恰好和本然，不也是对忙得失了本性耐心的城市人的提醒吗？

　　循着古道上山，走走停停，眼见古木参天，修竹叠翠，任何鸟的鸣叫都自如得像一缕山风。"深山藏古寺"，脑海里翻出夏目漱石的小说《门》来。读过的书里，尤对古寺会心。小说里的中年男子宗助去镰仓的寺庙"养脑子"，朋友给他推荐了一个去处：一窗庵。宗助由山门而入，找到了寺庙边上的小庙。地处丘陵边缘，面临日照充足的寺庙门庭，背倚山腹，一窗庵一派暖意。庵里只有一个和尚看管。宗助不是唯一一个来修行的俗人。他还见到一个脸似罗汉的居士，来山寺已有两年。还有一个售卖笔墨的小商贩，来时背了大批货物，在附近兜售，待货物售尽就回山寺坐禅。过不久，食物快要吃完时，又背着一批笔墨去卖。如此往复。宗助心下诧异，又比照着自己的生活，浑不知怎样的人生才合该是完满的人生。他清夜扪心，终觉得不能心有所悟而陷入苦恼。他去问年轻僧人,年轻僧人对他说:"有道是:道在迩而求诸远。信然。近在咫尺之事,却往往视而不见,听而不闻。"修行不得的宗助愧然回家。走前他去向照应他的僧人致谢。在僧人宽慰他的一番话后,小说突然这样写:

　　他自己去叫看门人开门,但是看门人在门的那一侧,任凭你怎么敲门,竟连脸也不露一下。只听得传来这样的声音:"敲门是没有用的,得自己想办法把门打开后进来!"

　　宗助便思考着如何才能把这门上的门闩拉开呢?他考虑好了弄开门闩的办法,但是他根本不具备实行这个办法的力量……他平时是依靠自己的理智而生活的,现在,这理智带来了报应,使他感到懊恼……

这两段都是虚写,侧重"门"在这部小说里的寓意。漱石先生到底还是阐释得很清楚了——这门,亦即心门。命运之门。对宗助这般小知识分子而言,本可以无视门的存在;有门,也能够进出自由——只要你用力去推,可他恰恰缺失了那一点勇气，也就只有接受悚然立在门外的命运。

这有点接近禅了。眼前的径山禅寺同样有一千二百余年历史，传灯一百余代。到第十三代住持南宋宗杲禅师创立"看话禅"，临济宗开始在径山独树一帜，"衲子云集至千七百众"，"不仅在禅宗史上树立了一套具有创造性的禅修体系，亦宣导世间士大夫习禅，使禅法智慧融入日常生活，为人处世皆为自性之妙用"。

对禅林僧人来说，和持戒、坐禅一样重要的日用功课是吃茶。《五灯会元》里，有僧问资福如宝禅师："如何是和尚家风？"答曰："饭后三碗茶。"

吃茶是禅林的传统。径山禅寺正在大修，我们被请进一间茶室。走来一年轻僧人，坐下，烧水，取茶——当然是径山茶。等待水开的间歇轻言问候几声，不再说话。你问他问题，他自自然然把问题抛给你，让你自己想。而后烫壶、泡茶，专心布茶，静默如前。想起禅宗里言："丛林宗匠实难加，临事何曾有等差？任是新来将旧往，殷勤只是一瓯茶。"

大抵，这就是禅宗所谓"无差别境界"吧，也即我们所说的"平常心"。禅意如同茶味,禅无文字,须用心悟;茶呢,也须有心人品。想起一位诗人的话:"中国古人跋山涉水,费尽千辛万苦只为了寻找心灵,而目下的我们,不敢承认有心灵,不相信有心灵。我们的简历里已没有了山水的位置。人生已经不是山水的人生,我们的品质也不再有山水的安然、坦然、泰然……"

于是乎长叹:道在迩而求诸远,信然!

去山里看海

苏沧桑

【此时此刻,径山茶道因为一个朴素的女孩、一群相投的文友、大半轮月亮、我偷偷点上去的梅花,有了一种可亲近之感,它像天空那么深,像大海那么大,但它离你很近。】

这里的每一朵莲,至死都保持着盛放的姿势。

深秋的径山,径山寺所在的径山。一壶鹅黄色的香莲茶递给我们一行七人第一声问候。我想起多年前第一次见它时的情景:透过玻璃壶,我们与莲面面相觑。片片花瓣,比宣纸更薄,更透,更淡。细软如珊瑚的白色花茎花蕊,随着水的微流齐齐摇曳。一朵莲,仿佛一条绝世独立、自在游弋的鱼。

午后的阳光照进枯败的荷塘,大部分用来做种的莲藕已经被起出来,去海南过冬了,到了春天,会被运回来,种下去。最后几朵不动声色盛开着的莲,紫色的,黄色的,与这个叫千花里的地方的所有花卉一样,淡定而诱人。我们努力牢记着那些陌生的花名,比如粉黛乱子草,比如醉蝶香,瞬间又遗忘,再去问。如同人到中年,穿梭在所谓的重要场合中,努力记住重要的面孔和名字,转身又忘了,记住的总是一些无用的感觉、味道。

在荷塘水面的反光里,我想象那些莲藕,带着泥土,圆滚滚地落进千里之外同样大小的荷塘,安静得如一群离开母体的胚胎,蜷缩进培养箱。冬天过后,它们回到母体,春分时节抽出第一枚新叶,新叶在水里亭亭玉立,蜻蜓在新叶尖尖角上亭亭玉立,像诗里写的那样。然后,它们开出了绝美的一朵莲、两朵莲……然后,它们被一双手两双手采下,送进机器,烘干,定格,保持了最美的颜色和姿态。最后,在一注热水里,它们活过来,盛放如初开,释放被定格的所有部分,成为此时此刻我们七个人眼前的这十杯香莲茶。

这是径山递给我们的第一道茶。空灵,绝伦。

径山递给我们的第二道茶,叫"水丹青"。黄昏时,五分之四轮月亮照见径山脚下一个叫"径茶"的地方,一位未施脂粉、一身铁锈红微旧中式对襟衫的女孩为我们分茶。没有音乐，没有絮叨，她慢慢地、默默地做着茶，仿佛忘记了我们七个人正眼巴巴盯着她分那一小盏抹茶。但她用茶筅搅动茶沫时，速度极快，手机都无法捕捉。最后，她捻起一枚新牙签，在茶碗里作起了画，一枝梅树，两只飞鸟。大家都说，第一次见。

"水丹青"，是古代茶道的一部分，宋代由径山传到日本，又传了回来，让我想起那些辗转千里的莲花种子。我问她，每天都有表演吗？

她说，不是表演，是切磋交流，以茶会友。越好的"水丹青"消失得越慢。

晚餐时，我共起身三次，舍下无比美味的农家菜，去看隔壁茶桌上那碗"水丹青"淡了没有，消失了没有。趁四下无人，我拿起牙签，学着她的样子，蘸上深色抹茶，在画上加点梅花。第一下，没有点上，第二下，有了，我点了七下，为每一个人，不知道为什么。

后来她说，你把屋檐也点成了一树梅花的样子。哦，原来那是屋檐。

向来对一切博大精深、繁复精细的东西心怀敬意，有时又会想,世间万物,原都有属于它们自己的日子,我们人,是否介入得太深了? 对于茶道,我懒,便不太喜欢那种正襟危坐、煞有介事,不如一个玻璃杯、一把茶叶、一壶热水,随便一靠、一躺,多简单自在。径山茶道,尤其是国家级非物质文化遗产"径山茶宴"起源于唐朝,盛行于宋元时期,具有禅文化、茶文化、礼仪文化等多方面价值,有张茶榜、击茶鼓、设茶席、礼请主宾、煎汤点茶、分茶吃茶、谢茶退堂等十数道仪式程序,想想都繁复得要命,而此时此刻,径山茶道因为一个朴素的女孩、一群相投的文友、大半轮月亮、我偷偷点上去的梅花,有了一种可亲近之感,它像天空那么深,像大海那么大,但它离你很近。

两道茶之后,我想,任何领域都藏着千山万水,没有深入,你便永远不解它的美,而介入太深又不好,怎么办呢?

第三道茶,在海拔八百米处,耗时一个半小时,耗能一碗稀饭、一个小馒头、一个鸡蛋、十几粒山核桃肉,以及爬山时的微喘、微汗,还有等待径山寺　位年轻法师用斋后迎向我们的五分钟。终于,他坐定,我们也坐定。唐朝时,江苏昆山高僧法钦遵师嘱"乘流而行,遇径即止",行脚至径山,于喝石岩畔结庐修行,是为径山禅脉开山之祖。南宋嘉定年间,径山寺被钦定为江南五山十刹之首(五山即径山寺、灵隐寺、净慈寺、天童寺、阿育王寺),并日渐成为儒释道三家精神融汇之处,源远流长。此刻,我们坐在法钦、宗杲、无准、紫柏等大德僧人坐过的地方,坐在日本名僧俊芿、圆尔辨圆、无本觉心、南浦绍明等坐过的地方,坐在"茶圣"陆羽、苏东坡、李清照、徐文长、吴昌硕等坐过的地方。坐在瓶子里开着三朵茶花的屋檐下,坐在云海之下、竹海之上。

苏东坡与径山有着不解之缘,据说,他临终前作的最后一首诗,就是《答径山琳长老》,参透生死、物我两忘的他两日后便驾鹤西去。他一定很爱径山茶,但他是喜欢绿茶,还是和我此刻一样,更愿意紧紧捧住一盏红茶的暖意,去抵挡人间的寒凉?

我问眼前为我们泡茶的年轻出家人,是否去过很多庙宇?为什么在这里落脚?有什么不同吗?

他说,也没有去过特别多的地方,但这里静。

他说话时,语调很静,正往茶盏里续着的茶水也如他的语调,没有一丝一毫晃动。

我低下头,盯着他刚刚为我续的那盏茶,看到的是一道牵山绕水、缠古绕今、海一样宽广深邃的茶。

海，是心海。

从径山寺一路逛到千岱山居时，天阴了下来。在云雾渐起、翠竹环绕的巨大露台上，大家高低错落地拍了一张合影，两男五女，春祥、伍斌、袁敏、鲁敏、向黎、陆梅、沧桑，取名"七闲图"，以作分手后的念想。径山绿茶在一个通透的玻璃杯里，收拢了整个山林，影影绰绰的，让我想起去年春天，也是五女两男——母亲、舅妈、姨妈、姐姐、我、父亲和他的学生，在极富人文气息的村庄"山里"，也这样错落有致地坐在一个巨大的露台上喝茶，也这样错落有致地拍了合影。那个叫"山里"的地方，能俯瞰浩瀚的东海，还有万亩盐田，还有比海平面更远的远方，那里有来自五湖四海的音乐人聚拢而成的"放牛班"，以山里为家，创作、演奏、唱歌，看萤火虫，看一整条银河从海平面冉冉升起。

那个春天前更早的深秋，我回家乡待了十天，刻意体验了一次故乡的"劳作"——我十八岁离开家乡前和离开家乡后均从未做过的事情：和渔民们一起剥虾，补渔网，烧土灶，挖红薯，酿桂花酒，做番薯圆，我还想出海捕海鲜、晒盐。这所谓的"寻根之路",让我不由想,家乡还有多少人在从事着古老的劳作呢?如果不离开家乡,作为一个女子,我的人生本来应该是什么样子呢?大概是这样吧:到海涂上捡海螺蛳、抓弹涂鱼,剥虾不到半小时手指就发白;在海岸边补网,时时向着海平线眺望,右手穿网孔,左手用拇指压住网丝不让它逃掉,穿孔两次,锁住,把重叠的部分展开,周而复始,而不会织了两眼网就手痛;还会在太阳下山后用小铲铲下晒在篾席上的鱿鱼干,然后一个人或一家人吃晚饭,然后在灯下继续补网。我应该会有一个皮肤黝黑、酒量惊人的丈夫,他们叫他"酒雕""酒缸""酒棺材",或者"酒刹"。只要没有遭遇不幸,日子虽苦也甜。

但我现在是什么样子呢?一个在城市生活浸淫了三十年的女子,笑容里还有最初的一丝纯真和羞涩吗?我们像不像繁复茶道里的那一盏茶,永远失去了最初的野性和自由?

在老家的沙滩上,躺着一条老死的野狗,看上去很可怜,但我想,至少它没有被去势、没有被豢养,并老死在自己的家乡,而漂泊的人常常如落叶般扭曲,不知最终会落在哪里。人本来应该是什么样子？径山的每一朵莲花，至死都被定格为盛放的姿势，的确绝美，而人非莲花，还是自然地开放，自然地枯萎，像火一样慢慢暗下去，最后熄灭在土里的好吧？

那一晚，我们住在径山稻田中央的一幢民房里。稻田刚刚收割完，斜阳与它相视而笑，如两位老人。夜深了，茶凉了，民房的主人回家了，狗不叫了，围坐在并未生火的炉前的一行七人互道晚安，鱼贯上楼。我自国外回来后整整两个月的失眠，终于治愈在大海般浩瀚的稻秆子气味里。

卷四 · 茶事春秋

一杯茶里读中国

周华诚

【中国人常说，"君子之交淡如水"。茶就是水。一起喝茶的朋友，其实有很高级的友谊。】

老路说，他喝茶最大的成长，无疑是在杭州。

因为杭州有两款茶，简直是世人皆知，一款龙井茶，一款径山茶。

1

坐下来，泡一壶生普。

老路亲自泡茶。

烧水，温杯，洗茶，冲泡，出汤，老路手法相当熟练。

不过，还是会把探询的目光望向夫人："这一泡怎么

142

样？坐杯的时间会不会太长了？"

老路说，泡茶还是夫人泡得好，夫人是他的老师，自己只是学生。

阳台上种了一棵石榴，一株柠檬，都结了果。松鼠喜欢，常常光临，也不管它是甜是酸，冒冒失失就去啃一口。果实还没有成熟呢，就全都遭殃了。

喝茶的时候，那只松鼠轻车熟路地来到阳台，走走看看，探头探脑。

为了获得泡茶的最佳水温，老路每次都会耐心等待水沸的时刻。看得出来，他对待泡茶是认真的。

老路说，泡茶其实是非常不容易的事。泡茶要控制水温、时间，不同的茶，不断泡，不断品尝，然后根据口味来调整节奏。此中的拿捏，没有三五年的功力，断然做不到。

在老路看来，这种泡茶的方式，跟西方人制作咖啡，是两种完全不同的思路。

法国人对待咖啡，靠的是科学精神。咖啡豆怎么烘，怎么磨，烘多久，磨多细，都需要非常精确。冲一杯咖啡用多少克豆子，水豆配比怎么样，水温多少度，时间用多久，必须精确。

中国人喝茶呢，则必须依靠长久的经验、感受、领悟。

他是法国人，前段时间，他和夫人一起回巴黎待了几个月。既是去看奥运比赛，也是工作，顺便感受一下巴黎生活。自从 1997 年移居杭州后，他大部分的时间，就在这座东方山水之城里生活，流连不已。

"九个月在杭州，三个月在法国。一年去两次法国，基本是以工作为主。"老路现在做自媒体，账号名"爱喝茶的老路"。老路在 B 站的粉丝，已经突破一百万了。最近，他还尝试着开始做直播。

但是，老路并不建议大家都去干自媒体，他说干自媒体太不容易，不怎么赚钱，而且也没什么休息时间。工作很累，收入并不像大家想象的那么高。不管是 B 站还是抖音平台，想要做到头部，都很不容易。

2

老路爱喝茶，是从一杯茶里读中国。

很多外国人在中国生活，但不一定真正懂得中国；很多中国人在法国生活，也并不一定真正懂法国。对于当地文化的学习和了解，就好像有一扇门在你面前，想不想打开它，想不想跨过去，每个人的答案都不一样。

一扇门，是一个机会。如果不想跨过去，那么你永远不会知道门背后有什么。

"爱喝茶的老路"是老路现在的工作，而一开始，他其实是想搭建一座桥。喝茶是一座桥，自媒体也是一座桥。他的思路是，做中法文化交流，把中国的文化传播到法国，也把法国的好物带到中国。

老路举例，比如法国的香水很有名，法国南部的小城格拉斯，是香水的世界，嗅觉的天堂。格拉斯的香水制造技术，被列入世界文化遗产。格拉斯的花卉种植和芳香调配技术，也被联合国教科文组织纳入人类非物质文化遗产代表作名录。

格拉斯的香水制造技术发展已超过四百年。十七世纪时，当地皮革产业发展正盛，当地居民为了去除皮革的臭味，开始使用香水来盖过异味，之后才围绕香水制作技艺推动了格拉斯的转型。现在格拉斯盛产蔷薇、茉莉和其他芳香植物，不仅生产香水，还有香氛、肥皂等代表法国生活方式的产品,也有很多富有文化含量的产品。我们不仅可以购买香水,还可以通过香水,了解这座城市的历史与文化。

现在,中国制造的好产品,也有很多很多。中国的茶叶,中国的文化,也非常受世界欢迎。老路说,喝茶这件事,在西方人看来,就是非常有中国特色的生活方式。几百年的发展历史,给茶叶打上了深刻的中国文化的烙印。喝茶就是中国文化和中国人生活的一部分。

老路说,他非常希望自己做一座桥梁,成为中法之间的连接,也让更多人了解中国。

3

老路的日常生活里,喝茶也已经是不可缺少的一件事了。他每天都会和夫人一起喝茶。最爱喝的茶,有红茶、白茶、生普等几类。

老路喝茶看时间。春夏的上午,会喝点绿茶。平时喝红茶、白茶、普洱等等。到了晚上,经常喝一点黄茶。

蒙顶黄芽、平阳黄汤、君山银针,都是他特别喜欢的。因为晚上喝黄茶,不会影响睡眠。

老路通过茶认识中国,也通过茶来理解中国文化。他在喝茶的过程中,结交了许多中国朋友。

二十多年前,他在福州生活,看见当地人从早到晚都喝茶,主要喝铁观音。老路观察他们的生活,发现谈事时,大家坐下来喝茶,一边喝茶,一边谈工作,大家都很放松。用现在流行的话说,很松弛。

那时候,他也学会了喝铁观音。只是,还谈不上到"爱喝茶"的地步。

后来他渐渐发现,很多人会喝很贵的茶、很好的茶,常常陶醉其中。跟他们在一起时,老路也学到很多茶的知识。

老路也渐渐感悟到,喝茶特别讲究氛围。有时候,要是和对的人在一起,喝茶的地方很美,聊天的氛围特别好,大家的对话也有意思,那就是不可多得的状态。那个过程,常常是只可意会,不可言传。

这个时候,只会有一种感觉:"此时此刻,享受这一杯茶。"

再后来,他到了北京生活,常常自己去买茶。先从熟普开始。那时他遇到一位只卖普洱的先生，他花两百多块钱买了一块普通的熟普茶饼，喝了几个月。那位先生说，喝茶嘛，慢慢来，慢慢体会。

很久以后，老路又一次去，他说，接下来你要不要试试生普。

在那以前，老路不喜欢喝生普，但那次尝试之后，发现生普很不错。

就这样，人跟茶的相遇，人跟人的相遇，都讲缘分。

再后来，因为种种机缘，老路再没有去他的店里买过茶，然而，想起来还是要谢谢他，觉得是他带领自己，慢慢感受到喝茶的乐趣。

中国人常说，"君子之交淡如水"。茶就是水。一起喝茶的朋友之间，其实有很高级的友谊。

4

老路还有一些特别的茶友。

比如说，他认识一位恩施贺峰的茶友。茶友夫妻俩都是茶人,自己在山上住着,会采摘山上野放的茶。然后根据季节、气候、温度,决定做不做茶。

前年,老路和夫人一起,在山上住了几天,每天都喝他的茶,双方成为很好的朋友。

大概两年前,老路读了一本书,讲的是英国茶的历史。英国人爱喝茶,大概从十七世纪中期开始。当时,查理二世的王后凯瑟琳公主非常喜欢喝茶。喝茶是贵族的生活方式,因为只有贵族和有钱人才买得起茶。在他们的影响和推动下,喝茶之风很快在全国普及。

英国人有一句俗话:"钟敲四下,一切为下午茶停下。"实际上,说的就是西方人对茶这种来自东方的树叶着迷的情景。到十八世纪,英国已成为世界人均茶叶消费量最大的国家。

老路住在良渚文化村,天天喝茶,讲一口纯正的中国话,过的也是纯正的中国日子。

老路也存茶,品种很多。存下的老茶,喝个十年八年,应该不成问题。每一次开老茶来喝,都像是过节日一样。

茶是很中国的东西,如果要感受中国文化之美,一定要喝茶。但是,老路依然谦虚地承认,即便是喝茶喝了二十多年,到今天,他也依然不敢说自己就懂得了茶。

5

老路说,他喝茶最大的成长,无疑是在杭州。

因为杭州有两款茶,简直是世人皆知,一款是龙井茶,一款是径山茶。

1993 年,老路在我国台湾教英文、法文,第一次到大陆来旅游。行程的第二站,到了杭州。这完全是意外,他来到了这座城市,来到了西湖边,喝到了一杯龙井茶。

过去了三十年,他念念不忘那杯茶。

虽然后来他也无数次喝到龙井茶,却再也没有那个感觉了。记忆里那一次,他是坐在西湖边的露天座位,时间是在五月份,晚春时节,喝的是一杯新茶。

天气刚刚好。一切都刚刚好。

再后来遇到径山茶,那就是水到渠成。

因为龙井茶后来太多了,难得买到上佳的茶,就有朋友说,不妨找径山茶喝喝看。

先喝了径山的绿茶,很好喝。后来又喝了径山的红茶,更加好。

老路有所感悟,其实冲泡绿茶,也是需要很高的水平,才能让茶汤出来最美妙的滋味。绿茶不像大家想的那么简单。但是径山的红茶,就比较好泡,对技艺的要求没有那么高,随意泡出来,也很好喝。

后来,老路知道了,径山是东方茶道的起源,中国人喝茶的方式,都是在径山和径山寺慢慢形成的。龙井茶的制作技艺,径山茶宴的喝茶礼仪和方式,都是世界级的文化遗产。

所以,要喝中国茶,一定绕不开径山寺。

要读懂杭州,也一定要喝径山茶。

懂,是一条漫长的道路。老路在这条路上慢慢走着,乘兴前行。

和马宽喝茶

松三

【山永远有一种踏实感,物是人非,但山还在那里。在径山茶的历史轮回中,茶和茶人,永远可以依托山和大地。】

1

初夏时,第一次见马宽。到了夏末,又一次见马宽。

两次相见,都是因为茶。马宽说,现在他与人相识,基本都是因茶的际会。

马宽是个年轻的茶人,家住径山村。径山村在径山寺山脚。几年前的深秋,听说径山寺有好几株古银杏,便特地约了好友上山看。那个时节,径山村的稻田一片金黄,径山村落在午间明亮的阳光里,隐约映出白墙乌瓦,如一场古时的梦。径山寺的停车场,遍植乌桕,临近初冬,乌桕叶子落尽,结出一树一树的白色圆形的小果子。停车场旁,家家户户挂出茶的招牌,在长长的秋风中静静招揽客人。

径山有径山茶,这几乎是为人所熟知的。日本茶道自宋代从径山寺流入后千年灿然,而源头径山茶宴随着径山寺一度式微几乎消失,幸好茶本身如一缕绞不断的水流。在今日径山,茶,将沉寂于历史中的径山茶文化重新点亮,也成为径山人生命中最重要的部分。

要上到寺中,还有好长一段山路。竹林、茶田,车沿崎岖的山道上行,偶尔遇见扛着锄头的当地人做活。他们多走纵向的那条古道,上山下山,省去不少路程。

马宽的祖母在世时,也走这条古道上山采茶。那时候,每逢采茶季,祖母天不亮就出发。径山茶多长在高山上,山高路陡,走走要一个小时,腿脚要好,气力要大——要背茶叶下山来。

马宽这样说,我便想起老家深山之中的野茶。散落的茶株,默不作声藏身于密林之间。这样的茶,看起来大多为自己而生，而不是为我们采撷而生。在幼时的年岁里，我一度分不清茶树来自人工还是自然。但每年春日，祖父辈在昏黄的灯下揉捻出的茶香飘荡在破旧的老屋中，使我心中隐约明白，这应当是一份馈赠。

2

在中国这片大地上，茶的历史太悠久了。茶本身，早于茶的记录，也广于文人的品茶雅事。径山茶宴代表的是中国茶文化高峰之一，高峰之下，是普通茶人的群山，普通人的茶山。我不太懂茶，但我喜欢看群山。

马宽家的炒茶师傅走来，他姓杨，个子高瘦。杨师傅和我父亲一般大，他和我父亲最像的地方，是手上捧了个茶杯。他杯中泡着径山茶，看起来平凡的绿茶，却如一蔬一饭般不可或缺。杨师傅举了举手上的杯子，说，自己家的茶，自己炒的茶。

杨师傅是径山茶制茶师里目前年纪较大的一批师傅之一，这批师傅，也是目前径山茶制作的主力队伍。接下来,要看年轻人的了。但炒茶苦,径山茶的茶季短,年轻人有自己的顾虑和难处,和马宽一样回来做茶的少。

时间倒推四十七年,杨师傅是个十八岁的小伙子。那时候,他还住在径山寺旁的村子里。靠山吃山,高山上种着番薯、玉米。稻米也是珍贵的,要吃上白米饭,需要到常乐镇买好运到山下,再挑上来,其中一段,便是马宽的祖母走过的那条古道。

茶是一点生活的逸事,茶也是一种传说。记忆里不远处那座黄墙乌瓦的小庙,据说历史上曾辉煌无限。因为它,径山这里的茶曾东渡到日本,成为日本的茶道始祖。据说原来寺中有一口三万六千斤的大铜钟,还有琉璃灯、菩萨像……都是传说,小时候,杨师傅和玩伴跑到山寺中,试图寻找一些遗迹,无果。

逢年过节,小小的寺庙中还是热闹的,方圆几里的山民赶过来,在这寺中祭拜、祈福,茶水也象征性地摆在供桌上。寺庙日渐倾圮、缩小,寺中僧人只三两,过了不少时日,附近两户居无定所的人家搬了进去,从佛祖这里寻求一点现实的护佑。

后来呢?后来,国家开始大力推广茶产业,茶作为一种经济作物,给径山茶带来又一次历史的机遇。这一年,杨师傅十八岁,村子里选中两个人学做径山茶,他是其中之一。

3

几年前的那个秋天,自径山寺看完银杏下山时,已近傍晚。山风沁凉,阳光退去时,山色骤暗。想起山上明亮如金的古银杏,像另一个幻境。这样绕开假期的径山村是静悄悄的,屋子里散出悄寂的光亮,偶有不怕人的白鹭在清浅的村边山涧中腾空而起——古画里的夜。

我们在草木葱茏里停下来,随机钻进路边一家农家乐吃农家菜。点了哪几个菜完全忘记了,只记得店家先泡了两杯茶,是径山茶,碧色茶芽,在刚冲下的开水里上下起伏,喝一口,味比龙井厚一些。

不太懂茶。所以不知道是不是一种错觉,总觉得龙井喝起来有水的清灵,而径山茶有山的厚重,就和我老家的高山茶一样。好多年前,读到一个描摹茶叶生产地的词,叫雨雾蒙沫,同样是多雨雾的地带,大约山下雨和山上雾孕育的茶是很不同的。因为高山茶有清苦的口感,我觉得雾也带苦味。

杨师傅说,一方水土一方人,一方水土一方茶。一方人和一方茶呢?杨师傅笑,当然一方人才能炒好一方茶!

早些年学炒茶,很难讲。和现在是很不同的,现在有机器,可以控制温度。杨师傅十八岁时学艺的第一步,就是学会控制温度。用的炭火,炭火比柴火稳定,一个人,一口锅,锅下一窝炭,锅边一把火钳。这倒是不一样,我们是祖父炒,祖母生火。父亲、母亲另外准备炭火,以备烘干揉捻后的茶青。炒茶是一家子的事。杨师傅反对,说炒茶其实是一个人的事。

哪里忙得过来?

你错了,当你越来越熟练时,一个人才是最好的,用什么火候,多少时间,火旺了盖多少灰,别人的手,你是控制不了的。

炒茶苦吗?

不苦。只是烫,烫得啊,起了一手水泡泡。一串串小灯笼一般,挂在手指上。等不及水泡好,又要炒,只好戳破口子用针线串起来,有时候这层还没好,又长一层。长几层后就发现,方法不对,茶青翻动,温度将水汽释放出来,高温水汽碰到手,"吹出"水泡。换个手法,把水汽扬到锅外去,水泡就再也不长了。

做茶就像练武功,不只是练,要琢磨的,勤快一些、脑子灵活一些。就拿揉捻来说,嫩的茶青娇软,等凉透了再揉,老的茶青硬戳戳,赶紧的。你说这些难吗?不难的。

茶的兰花香、牛奶香是怎么来的?

本身带的,好的茶人,就是要把这些看似神奇的味道给释放出来。

这也叫顺其自然。

4

马宽坐在一旁只是笑。

马宽也是杨师傅的学生,杨师傅说,马宽是资质不错的学生。但马宽和他不一样,马宽和父亲经营着这一带最早的茶叶公司。杨师傅说，马宽的首要任务是要识别得出好茶，这就够了。马宽忙着嘞。

电话很忙。有茶客，也有到径山村来参观、体验和研学的团队。除了做茶，马宽现在也是径山文旅的负责人之一。对于他来说，径山茶是文化，也是产业。

到了杨师傅学艺的十八岁时，马宽离开径山，远赴新加坡的大学念市场营销和旅游管理。远行前的夜晚，母亲担心马宽水土不服，在他的行李箱里塞进一小包自家的茶。我想起前几个月在温州瓯海，当地的朋友说他们远行时会带上泥鳅粉。瓯海塘河滩涂多，产泥鳅，泥鳅大补，被看作是极好的珍品。更重要的，如果水土不服，只要服下几口泥鳅粉即可。想来径山茶是径山人的"泥鳅粉"。

那些年里，马宽远离了径山，却似乎离径山茶更近了。茶解思乡之意，也联结了当地的爱茶之人。同学、朋友……渐渐地，马宽带过去的茶多了些。茶好像一种隐隐的牵引，把马宽的生命牵引向另一个方向。

2011年，马宽从新加坡回来后，先后在杭州的再生资源、制药工程等行业工作。2019年，村里找到马宽，说村里要组建文旅公司,希望他能回来帮忙。那一年,径山村还完全不是现在的样子,屋子破破烂烂,道路坑坑洼洼,村子周边是田野。自然环境是好的,但一度是贫困村。

马宽回来,陪着村子一起开工动土。他也从头开始。一边是自己的茶业,一边是村子的文旅事业,两头忙。人家是出去闯一闯,他是回乡闯一闯。

但无论如何,都逃不出一个茶字。

第一次见马宽,他用茶则盛出自己新做的径山茶,浓绿的干茶陈在竹制茶则里,我们挨个放在鼻尖闻过去,很神奇的,有一股淡淡的奶味。马宽坐在茶桌的最前方说,是新开发的产品。

第二次见马宽,他正在径山旅游集散中心坐班。在这里,他像个行政一样,联络、接待,坐下不到几分钟又起来,和那些所谓清心自在的茶人相去甚远。马宽也在思索,未来径山茶的形态还有什么?

我问,喜欢哪种状态呢?

他答,当然是做茶时的那种专注。但另一种琐碎的状态,也未尝不需要另一种专注。专注把原本粗枝大叶的马宽浸润得沉静了三分。马宽说，享受一个人独处的时刻越来越多。

杨师傅是马宽心中那种天然专注的人，专注做茶，也专注开车。

杨师傅开了几十年的公交车，从径山寺出发到老余杭，一条线，开了几十年。

说起来，杨师傅开车的时间比做茶还长。与其说是做茶之余开车，不如说他是开车之余做茶。做茶一年一季，一个茶季里，真正做茶的其实只有个把月。精品径山茶是这样的，只做珍贵的春茶。要紧的是，春茶采完，打一打虫，茶树空上半年之久，农残才能去除干净。

空下来的十一个月，要继续为生活忙碌。

学会做茶后没几年，杨师傅便学会了开车赚取家用。那时候，还没有公交公司。他开的是"夫妻小巴"，十九座的中巴车，他开车，太太卖票。乘客都是当地人，去常乐镇或老余杭买米的、买果苗菜苗的、赶集的、探亲的……这样的"夫妻小巴"，也不止他家一辆，车一多，为了"不打架"，大家便自发成立了一个中巴车协会，定出一个有商有量的排班制。

在那弯曲的山道上，杨师傅开着巴士跑得飞快。八年跑一辆，跑了两辆巴士后，遇上2009年城乡公交一体化，杨师傅被"收编"，一直跑到前几年才退休。

开车与炒茶，两件事，但又是一件事。轮到杨师傅家出车，早上五点到晚上六七点，天蒙蒙亮到天蒙蒙黑，一整天跑在路上。轮到做茶，则是从天蒙蒙黑到天蒙蒙亮。开车时，一天到晚见的都是人，打交道，送路人。做茶时，对的只是茶，一个人，全神贯注，进入另一个无人的世界。

但是，杨师傅反问，有什么不同？两件事，都要细致再细致。杨师傅又问我，你写文章不也是一样的啊？开车也许有另一种飞扬的快乐，杨师傅说，这条路，我闭着一只眼也能开得飞快，有一种久违的"年少轻狂"。

5

马宽给我的茶杯中添了水。

十月了，他的茶室收拾妥当，准备开业。就是上一次我们坐在里头闻牛奶味茶的那间茶室。

叫什么名字？

五峰逸境。

五峰山在径山寺侧边，如一只佛手托举。径山五峰历来有名。马宽说，不知多少历史名人登过、吟咏过。

山永远有一种踏实感，物是人非，但山还在那里。

在径山茶的历史轮回中，茶和茶人，永远可以依托山和大地。

杨师傅也刚从山上下来。他的屋子，从高高的径山寺周边搬下来好多年，山和土地还在上头。现在径山寺旁的茶山，便是他这样的高山户主租给寺庙的。山寺越来越大，僧人来自全国各地，每年春季，山上的僧侣会派人下山来，专门学一学做径山茶的手艺。

除却租赁出去的，杨师傅给自家留了十来亩地，种着竹和茶。今日他上去除草，十月温度不减，出了一身汗。太阳升到几近半空时，杨师傅已做完活计下山了。

然后忙什么呢？师徒俩一唱一和。

桂花要开了。

敲桂花，做桂花红茶。

烧水泡茶,小村雅事

何婉玲

【做茶的三十五年里,楼情灿与茶园里的天空、明月、星斗、朝晖、云朵、烟岚朝夕相处,每一天,只要多看几眼星月、云岚,他就会觉得舒心。】

1

早春时节的径山镇小古城村,闻起来都是绿色的味道。茶园中的石头小径,开满了蓝色的阿拉伯婆婆纳和紫色的野豌豆花,白色的碎米荠见缝插针地挤出石缝。茶园旁的香樟,顶着巨大树冠,像是沉下来的一团团绿云。

茶叶抽出新芽,细嫩水绿。茶园中一戴着斗笠的茶农摘了一掌心新叶,递过来赠予我,像是递来了一掌心的春天。我将茶农送的茶叶拿回房间用热水冲泡,没有炒过的原茶,口感清润,满是植物气息,比炒制过的绿茶更有山野滋味。

等秋日再来小古城村,我才知道,春日我所游览的茶园是舒琳家的。舒琳是杭州银泉茶业有限公司总经理,是小古城村的"茶二代",她在径山镇拥有五千余亩茶园。

舒琳从小在小古城村长大。在她的记忆里,小古城村沉静安详得好似一座世外桃源,茶园、荷塘、稻田、翠竹、清溪,春色如绿水漫过村庄的每一寸土地。约六千年前的马家浜文化遗址以及商代晚期的庙山高台,诉说着这座村庄的悠久历史。

舒琳家离公司很近,开车不过两三分钟。每日推开办公室门,她会先烧上一壶热水,然后给自己泡上一杯径山茶。

她在办公室里常用的茶具不过是一个普通透明玻璃杯。玻璃杯里投入绿茶,灌入热水,舒琳坐在椅子上,看着杯中一芽两叶像春天在枝头时那样慢慢舒展开,透明茶汤渐渐转为青黄色，就像雨天站在山顶，看到雨幕中的茶园，氤出淡黄和微青的水汽。

当茶汤稍稍转凉，舒琳端起茶杯喝上一口，鲜爽甘甜，通体舒泰。如此，一天的工作正式开始。

渐渐地，每日一杯茶，成了一种仪式。

入秋后，舒琳将径山绿茶换成径山红茶。有时，一杯茶不够，早上一杯绿茶，下午一杯红茶，晚上回到家后还得再来一杯。"这是做茶人的习惯，喝茶如喝水。喝习惯了，一天下来，也不用担心睡不着的事儿。"

舒琳只在周末和朋友聚会时，拿出盖碗等泡茶工具，泡一壶客户带来的"东方美人"。

"东方美人"是乌龙茶，一般乌龙茶发酵度在 60%，但东方美人发酵度达到了 75%—85%，口感和香气更接近红茶。"东方美人"是台湾特有名茶，福建少部分地区有种植。福建人喝茶，喝的是工夫茶，有一套完整泡茶礼仪。浙江人喝茶，喜欢用玻璃杯冲泡，即便喝红茶，也和绿茶一样，浸在茶汤里。

外地人认为浙江人不会喝红茶，说，在杭州街头打车，见本土出租车司机，竟然将红茶泡在带盖的玻璃杯子里。

其实,这也是由浙江红茶的特性决定的。

就像径山红茶和径山绿茶,用的都是径山本地茶种"鸠坑"。同一棵茶树生长的叶子,春天做绿茶,秋天做红茶,只是发酵程度和工艺不一样。径山红茶叶子细嫩,不像云南古树红茶,叶大味浓,径山红茶清醇甘洌,是适宜玻璃杯浸泡式喝法的。

舒琳为我泡了一杯径山红茶,用的也是透明玻璃杯。径山红茶叶红汤红,飘散着淡淡花香,仿若秋日午后的阳光,令人放松,令人沉下心来。

我想起苏轼有诗云:"我昔尝为径山客,至今诗笔余山色。"这两句极妙。只因曾在径山停留过,哪怕离开了,径山的山色,仍是挥之不去,一直汩汩流淌于笔端。

同样,只因喝过了径山的茶,哪怕离开了,径山的茶味,仍会留在唇齿记忆间,就像盘旋在茶园上空的云,留恋不去。

2

小古城村人喝茶不讲究器具,就像舒琳的父亲楼情灿,不讲究吃,不讲究穿,一双布鞋从早穿到晚,一辆桑塔纳开了几十年,开到彻底报废为止。

"很土的一个人,"舒琳笑他,"但做茶讲究,父亲的一生都沉浸在做茶里,他没有其他兴趣,只爱好钻研茶,而且只做高品质的茶。"

2006 年,楼情灿参加"径山茶茶王赛"茶叶评选,选送的银泉径山绿茶,一举拿下金奖。楼情灿就是冲着金奖去的。舒琳知道,父亲为了做好金奖茶,对细节及手艺的追求达到了何等严苛的程度。

三月黎明,露水还未醒来,父亲便带着采茶工一同上山了。好的茶,从始至终皆要手工操作,采摘、摊青、杀青、揉捻、烘焙,水分、温度、火候,都用双手感知。

手工制作的径山茶,释放出一种独特的兰花香。

为了做一款好茶,父亲通常会忙碌到深夜。早春天气还有些微凉,工厂吊灯的微光蒙在窗户上,亮在一片黢黑的茶园里。凌晨,窗外忽然传来一阵鸟鸣,清脆嘹亮,父亲这才意识到,该回家了。

说起鸟鸣,茶园里有许多鸟。有一次,舒琳带客人游览茶山,茶园旁的大树上飞出几只珠颈斑鸠,扑棱棱将翅膀拍得响亮,客人吓了一跳,随即又赞叹起来:茶园的生态真好!

除了珠颈斑鸠,茶园里还有乌鸫、白头鹎、鹊鸲、白鹡鸰,不远处的稻田,时不时能看到洁白的白鹭成群飞来,它们立在水田中,像一个个穿着雪色蓑衣的渔翁。

径山茶里怎会有兰花香?茶这东西,真是奇妙。茶叶的花香和茶树生长环境有着密切关系。茶园的生态多样性,茶树的施肥管理,都会影响茶的香气。楼情灿坚持自己承包茶园而非收购鲜叶,为的就是确保茶树的精细化和有机化管理。

舒琳望着墙上那块"生态茶园"的金色牌匾,觉得意义重大。目前银泉已有两千多亩茶园获得了有机认证,包括国内的、日本的、欧盟的认证。

茶叶好,手艺好,让银泉成为唯一一家蝉联余杭区三届"径山茶茶王赛"金奖的茶企,而楼情灿也于 2022 年荣获"国茶人物·制茶大师"称号。

3

舒琳大学读的是英语专业,毕业后在杭州工作了七八年。有一天,她接到父亲电话。"厂里计划上抹茶生产线,投资一千五百万元,如果你回来,咱们就把抹茶这块新业务做起来。如果你不愿意回来,就不弄了。"父亲在电话里说。

父母年纪越来越大,自己终究要承担起工厂的这份责任。绿茶一年只做春天一季,增加了红茶,也不过是夏秋季,但是抹茶一年四季都能做。近几年国内抹茶市场份额不断增长,径山虽是世界抹茶之源,但在影响力上,国内却没什么抹茶品牌能和日本宇治一较高下。

关于增加抹茶生产线这件事,父亲是经过深思熟虑的,舒琳也深思熟虑。放下电话那晚,她想起小时候,父亲骑着摩托车载一家人去茶园。舒琳坐在最前面,屁股下刚好是油箱，姐姐坐在父亲和母亲中间，舒琳两只小手紧紧抓着摩托车的后视镜。父亲发动油门，耳旁吹来呼啦啦的风，后视镜中的房屋、村庄、田野、茶山，在风中慢慢变小——这是她多么熟悉的家乡！直到很后来，舒琳才知道，父亲后视镜中这个看起来普通而平凡的家乡是茶圣著经之地、世界抹茶之源。

父亲曾感慨："日本一些知名抹茶企业已经做了三百多年，我们自己却断了层，身边做抹茶的企业屈指可数。"

为了将径山抹茶的影响力做大，舒琳点了点头，她辞去银行工作，正式回到小时候生活过的这片熟悉的土地。

2018 年，车间建厂，2019 年，抹茶投产。舒琳套着工作服，反复在这个面积一千平方米，年产抹茶六百吨的十万级抹茶净化车间穿梭。

父亲负责外部销售，舒琳负责内部管理。父女搭档之下，银泉抹茶的品质得到了国内外客户的一致肯定，市场份额节节攀升。

最让舒琳高兴的是，2023 年浙江抹茶产量四千二百余吨，产值突破六亿元，成为全球最大的抹茶产地。

这一数据，亦有她的一份力。

4

提到抹茶，不得不提起宋朝。抹茶源于魏晋，兴于隋唐，盛于宋元。宋朝有"文人四艺"：焚香、点茶、挂画、插花。其中点茶用的末茶，即为抹茶。

宋人将春天采集的绿茶嫩叶，通过蒸汽杀青，做成茶饼。制作点茶时，他们先将茶饼捣成小块，再用石墨碾成粉末，后用细筛过一遍，留取均匀的茶末。

抹茶色泽鲜绿，宜使用黑色茶盏，如建安黑盏，绀黑，纹如兔毫，坯微厚，能品鉴汤色。

有一次，我心血来潮在家做点茶。我用破壁机将茶叶碾成粉状并过筛，茶粉微扬，茶香扑鼻。接着冲茶，先注入少量热水，调成膏状，随后一边冲热水，一边用茶筅不断搅拌击拂，使茶汤泛出细小洁白的茶面汤花。

用于击拂的茶筅，有个美名，叫"搅茶公子"。搅茶公子看着清雅，用起来实则费劲，我来回击拂十几次，手就乏了。好不容易泛起的茶泡，很快偃旗息鼓。最终，只浮起薄薄一层蟹眼大小的茶沫,不够细腻,也未见所谓的"咬盏"现象。

还是看刘亦菲在《梦华录》中的点茶表演好。刘亦菲是美人,一静一动皆美,动作轻柔麻利,她做的点茶,茶沫乳白,绵密似雪。可不像我,沫未起,茶汤已溅得四处皆是。

不管点茶算不算成功,来尝尝茶滋味吧。

——嘻! 根本没法子喝呀!

入口都是茶渣渣,要知道,茶叶是不溶于水的,自磨的茶粉,看着茶汤油绿,实则满口粗粝,尽是苦滋味。说什么"喝起来更加细腻醇和,若有似无,满口华彩",全然相反,简直是粒粒在喉,难以下咽。

那么,问题的症结在哪?

舒琳带我参观她的抹茶车间。她说:"抹茶净化车间拥有不间断工作的新风系统,能保证车间空气质量符合食品高标准生产要求。车间电动石磨碾出的抹茶,可达800目。"

800目的网孔尺寸是什么概念? 目数是指1英寸(约0.03米)长度上孔眼的数目。也就是说,在1平方英寸大小内,用800条经线和800条纬线编制成一张网,网内共有 640000 个网孔,这就是 800 目。

800 目的网孔尺寸约为 15 微米,1 微米相当于 1 米的 100 万分之一。举个例子,一根头发丝的直径约为 60 微米,800 目的网孔相当于一根头发丝的四分之一。

如此细微的抹茶颗粒,如同粉尘,细腻绵密,入口如无物,只有茶香袭人。正如宋人葛长庚《水调歌头·咏茶》所言:"碾破香无限,飞起绿尘埃。"

而我在家研磨过筛的抹茶,远未达到 800 目的细微程度,宋人用石磨手工碾的末茶,要达到 800 目,也极其费力。

银泉抹茶色泽鲜绿,粉质柔软,鲜纯味浓,除了研磨工艺上的精细,另一重要原因,是茶叶自身的优异。

为使茶叶品质出色,楼情灿在茶树种植上采用了"覆盖遮阳"技术。

近两米高的黑网,帷幔似的笼住茶园。

"覆盖遮阳改变了光照强度、光质、温度等环境因素,从而影响茶叶香气品质的形成。"见不到阳光的茶叶,拼命合成叶绿素和大量氨基酸,含量分别达到自然光栽培的 1.6 倍和 1.4 倍。叶绿素提供的鲜亮色泽,是一款好抹茶的必备条件。而茶叶氨基酸中的茶氨酸,具有类似味精的提鲜功能,能为抹茶带来更多鲜甜滋味和愉悦口感。

楼情灿一有空就会到茶园里走走看看。茶园里走一走,能看出很多门道。他能从茶叶的生长姿态进行判断,如什么时候施肥,什么时候拔草以及明年的长势如何。对那些用于制作抹茶的茶树,他还能通过温度、天气以及太阳照射的强度和时长,精准判断茶树什么时候覆网,什么时候开网。

相较于春天的万紫千红,楼情灿更钟情茶园里素一色的青,纯粹无瑕,美得让人找不到形容词。

做茶的三十五年里,楼情灿与茶园里的天空、明月、星斗、朝晖、云朵、烟岚朝夕相处,每一天,只要多看几眼星月、云岚,他就会觉得舒心。

因为径山的天、月、星、晖、云、岚,才有了径山抹茶的好品质。为了感念这份自然的馈赠,楼情灿将自家抹茶分别取名为"径天""径月""径星""径晖""径云"和"径岚"。

这些中国抹茶的名字,多好听。

5

如果只是自己在家喝抹茶，宋人的点茶仪式虽雅致，但终究有些烦琐。

舒琳是年轻人，她懂年轻人的心思。告别前，她赠我两盒径山抹茶，还告诉我一个喝抹茶的简易方法：将条装抹茶粉，倒入矿泉水瓶子里，旋上瓶盖，上下摇晃，让抹茶与水充分调和。抹茶可以直接就着水瓶子饮用，也可以倒到杯子里喝，每次喝之前，摇一摇。

形式自然比不上宋人优雅，但滋味一定要比宋人的好。

茶的滋味好，也很重要。

中国人讲喝茶，喜欢用"吃"字，是有道理的。宋人将茶叶磨碎，最终就是将茶叶、茶汤一同吃到肚子里。

喝抹茶，用"吃茶"二字最贴切不过。

况且吃茶还能吸收到更多营养。具体来说，日常我们冲泡茶叶，饮用茶汤，喝进去的营养成分大约为总含量的 35％,而一杯抹茶里的营养成分相当于三十杯冲泡的绿茶,如果吃茶,能摄入更多营养。

关于径山茶,近来还有一个颇受年轻人喜欢的喝法——冷泡。

冷泡,顾名思义,就是用冷水泡茶。冷水自然是以山泉水为佳。径山寺里有一龙井泉,泉水冰润清透。苏东坡上径山时,曾用径山寺的龙井泉洗过眼睛。将径山绿茶在龙井泉水中浸润一至两小时,茶汤清亮,口感清爽,沁人心脾。

舒琳喜欢研究各种新式饮茶方法,包括自研茶叶拼配配方。"未来的新茶饮市场,会有更多惊喜。"

结束一天工作,舒琳和父亲回到家,一家人又聚到一起。母亲做了顿家常晚餐,红烧鱼、榨菜丝瓜、水蒸蛋、糖醋排骨。屋子外的枇杷、石榴、李子树,和着晚风在摇。傍晚的茶园,氤氲出紫霞般的烟气。

纵身入山野

吴卓平

【茶与山林、民宿交融产生的日常，也为茶园带来了更多的丰腴，而更令人留恋的还有那牵扯不断的茶友之情。】

上得余杭鸬鸟的老水杉（茶山名）来，已是初夏。茶园主人丽霞在山前领着我下车，步行去看山上的茶园。"你该在清明时来看看啊，"这是她见面的第一句话，"我们这边最好的径山茶都是清明前后采摘加工的。"听到这话，我虽有点懊丧，但跟随着她深一脚浅一脚地走在山路上，看到坡地和褶皱处分布的茶园在阳光之中青翠的样子，还是暗自庆幸到底没有错过一番好景致。

要说茶山，在江南各地，都不算稀奇。但在我这个初来乍到者看来，这座名叫老水杉的茶山的特色是——安静、纯洁、自然。山不高，山顶的海拔也不过四百米，但山坡上空气清新,绿色的茶树浩浩荡荡绵延,周遭是一整片连成林的水杉树,随手一拍都是浪漫的小清新。而且,由于交通便利,离杭州主城区不远,非常适合周末游。这里的一切,仿佛都未加雕琢,可以在山上的茶亭悠闲地喝杯径山茶,也可以走在茶园小路上,享受自由自在的旅行,体验原生态的田园生活。

"老水杉的土质不砂不黏,表土疏松,渗透性和蓄水性能也好,且含有效酸较多,外加泉溪密布,气候温和,雨量充沛,尤其春茶吐芽时节,常常细雨蒙蒙,云雾缭绕,这都赋予了茶树以自然的滋养。

"山上有很多水杉树,枯枝落叶都能回到土壤里,所形成的腐殖质能改善土壤的结构,以前我们翻土育肥的时候总是能挖到蚯蚓。你看,天时,地利,都有了,我们人也不能落后呐。"

当然,人和的因素,也颇有讲究。就比如,"茶叶并非越嫩越好",得等到有一定的成熟度后才可以采收。待采收季节,丽霞站在茶山上一看,就能知道茶叶还有几天可以采摘。同时,采摘的天气、湿度不同,制作出来的茶叶在口感上也会有些许的不同。

这种细微的变化,需要经年累月的经验累积才能辨别出来。"今天摘的茶和明天摘的茶,口感就明显不一样,甚至,今天做的茶和明天做的茶,口感都会不一样呢,天时地利人和配得刚刚好,才能出一款好茶,所以,能喝到一泡好茶很难得,要珍惜。"

的确,若是较真起来,茶树确实是一种千变万化的树种。宋徽宗赵佶所著关于茶的专论《大观茶论》中说"植产之地,崖必阳,圃必阴",这意味着茶树适宜种植在阳光可以照射到的山坡向阳处,且需有荫蔽的场所。丽霞形容茶树适宜生长的条件,引用了《东溪试茶录》中的一句话:"先春朝隮常雨,霁则雾露昏蒸,昼午犹寒。"这样的条件,老水杉这座小山恰能满足,茶山周遭一大片水杉林既能抵御寒潮冷风的侵袭,也能为茶树提供夏日的遮蔽,从而让这一带的小气候温湿和谐,既无严寒也无极端酷暑。

"记得 2019 年时,清明前后采茶的好天气没几天,一直在下雨、下雨、下雨。"丽霞说。采茶的天气一般最好能连续三五天稳定在 22℃ 左右,许次纾的《茶疏》曾记载江南一带适宜采摘春茶的时候在清明和谷雨之间,"清明太早,立夏太迟",不过对于径山茶来讲,要达到茶芽萌发的温度往往不需到那时候。"清明后的叶子已经有点老了,不如明前的好。"丽霞摘下一枚茶芽递给我,"你嚼一嚼。"入口有点涩,但保持几秒钟后,口腔里充满了回甘。她看着我表情的细微变化,有点得意地笑起来:"这就是径山茶,品质好着呢。我们制茶,说到底就是要把它回甘、清新的特点保持在最后的成品茶叶中。"

如今,她茶园内的茶树品种以径山茶为主,辅以龙井,平日里茶园的管理,都是丽霞和先生亲力亲为。各个环节,往往也由他们亲自把控。温度、时间,这些都需要靠经验来掌控和调试。还要多次试泡,根据茶的变化来不断调整。

做茶多年,丽霞如今仍然谦逊:"茶的变化太多了,难以琢磨,难以预料,需要不断去学习和感受。"我在茶山上还有个有趣的发现,茶山上放养着羊与鹅,丽霞笑着告诉我,羊有五十只,鹅有一百多只。茶园坚持有机种植,不打农药,也不使用除草剂,平日里茶园里的除草、除虫工作,除了雇村民帮忙打理,就靠这些帮工了,同时,它们还能提供有机肥。丽霞告诉我,这叫作"以种带养,种养结合"。

　　从茶山归来,丽霞领着我去往她的民宿。她顾不上歇息,便迫不及待煮好水,斟了一杯今年的茶递给我,告诫我要慢慢细品。我细酌几口,果然入口生津,口腔感受饱满,入喉回甘。更妙的是,边喝边聊,几泡后,依然还有明显的香味。

　　丽霞告诉我,茶对于她而言,既像一个最好的朋友,也像亲人。

　　早先,她与先生在上海打拼生意时,夫妻俩依然牵挂着老家。"那时候,在上海的生活和工作节奏都很快。当然,快是效率,是业绩,是都市的生存法则。只是,这样的生活过久了,就会想要慢下来,静下来。"

　　于是,2005 年,他们回到了余杭鸬鸟,承包了老水杉所在的林场,种上了水果,也操持起了茶田。在本地特产鸬鸟蜜梨卖不上好价钱的彼时,是茶叶让夫妻俩赚到了回乡创业的第一桶金。"那时候一直很迷茫,蜜梨卖不出去的时候,甚至只能以远低于成本的价格亏本处理掉,倒是那一年寒潮严重,得益于林场水杉林的遮挡,我们这一片茶山出产的茶叶品质相当不错,在那个茶叶小年,赚到了钱,让原本非常忐忑的我们踏实了很多,也看到了星星点点的希望。"

　　作为土生土长的余杭鸬鸟人，丽霞自小便体会过长辈们务农的艰辛，如今，打理果园、茶山，她和先生凡事亲力亲为，她更深刻感受到不容易，但沉浸于其中，做出一款好茶，她依然会兴奋不已，丝毫不觉得累。泡得一壶好茶，有多少工序和艰辛在里头，细细品味，方得好味。

　　而"茶"如今也成为民宿的一大"亮点"。虽然当地人对门前屋后散落的茶树早习以为常，但丽霞对茶的特殊定义是：结缘者。"可以理解为茶是主和客之间的一座桥梁，可以帮助来客卸下身处钢筋水泥间的心灵禁锢，彻底打开心扉。"也正因为如此，民宿的公共区域专门设有一处茶座，客来奉茶。

　　无疑，这些茶与山林、民宿交融产生的日常，也为茶园带来了更多的丰腴，而更令丽霞留恋的还有那牵扯不断的茶友之情。"客来一杯茶，边喝边聊聊家常，谈谈爱好，可以消除彼此之间身份的区别，以及距离感，彻底放松安静下来。虽说我们都来自五湖四海，但是通过一杯茶，可以敞开心扉，也能够更加舒适地完成一次旅行。"

　　五百亩的林区内，一半是有机茶园，一半是有机果园。在茶叶收获的季节里，来客可以在茶山上采茶，在制茶师傅的指导下制茶，二十四小时后，就可以喝到自己亲手做的茶，也可以变成一份有趣的伴手礼，赠予亲朋好友。因为地处余杭山区，每年从这里出发去徒步、登山的户外爱好者也不少，丽霞会为客人打点好需要的一切。除此之外，那些不愿意闲着的人，她也会建议他们去周边的径山寺、超山风景区、塘栖古镇、良渚古城、瓶窑老街逛逛。

在这里，更能读懂山野与村庄那种原生态的味道，一捧泥土，一树繁花，抑或一朵好看的云，一声淳朴的乡音……我在院子里遇到一位带着家人前来度假的父亲，不在节假日去景点看人，已在丽霞的院子里住了好几日，看花赏月，感受山野气息，一家人的假期堪称完美，他说，儿子就想赖在这儿不走，小山村可比城里的游乐场好玩多了，白天，可以去探寻草木、采摘野果，到了晚上，甚至还能看到萤火虫。

听丽霞说起，经常有外市外省的城里人跑来茶山住下，每天早上起来，去山林、茶园里走一走，回来喝个茶，看看书，又或看看云，发个呆，傍晚再去山林、茶园里走一圈。在这里，他们不玩手机，不处理公务，住上两三天就回去，隔一段时间再来。

适时停一下，给自己放松，这很有必要。

"所以我在茶园和民宿就坚持不装 Wi-Fi，毕竟这里不是城市，就应该彻底丢开手机、电视，不要再把城市里的节奏带过来。我对所有来客的建议就是，或者好好跟家人、朋友说说话，或者去亲近自然，好好享受没有打扰的乡野生活。"在她看来，城市与农村，现代与传统，新与旧，似乎没有哪一个能独立存在，而只有基于对人和自然的深刻理解，才能借助这一片山野、茶园完成人与自然的完美沟通。

至于她和先生，走出喧闹的都市来到清净的茶山，他俩已在鸬鸟当了十余年的茶农，对她而言，最重要的不是拥有标准化种植和加工的茶园，而是在每一片茶叶的生长里感受自然与人的融合，在每一个流逝的春夏秋冬里找到内心渴望的那种生活。

没错，一聊到生活在山里的好处，丽霞便滔滔不绝，如数家珍。

春日里，暖意融融，梨花烂漫，除了采茶、制茶这样的生活体验,还可以去山中挖笋,晚间餐桌上就此多了一道鲜香四溢的腌笃鲜,那滋味,绝对能让人一口气吃下两碗白米饭。

夏至,乡间与城里的温差有三四摄氏度,满室清凉,暑意全无。初夏时节,还可以摘青梅酿酒。当然,夏天还是鸬鸟蜜梨的采摘季。丽霞说,现在她家的鸬鸟蜜梨甚至比茶叶还畅销。

秋天,则是最令人期待的日子,可以上山采摘柿子,制作柿饼和柿子干。自然晒干的柿饼和柿干儿不含任何有害成分,也许含点儿尘土,那也是山风夹带的山野的净土。对了,还有板栗,"配上一杯茶,那滋味绝了"。

冬天的山里,常常无太多事可做。于是,手捧一杯暖暖的清茶,磕着喷香的山核桃,闲话家常,便是清冷的冬日最惬意不过的事。

…………

就这样,和丽霞聊着山里的院落、三餐、四季,倒是愈发让人沉浸于"深林人不知,明月来相照"的小隐生活了。

在我看来,美食和美景,皆不可辜负,这大概是人和自然万物在相处中形成的最具烟火气的生活美学了。

云顶之上

邱仙萍

【虫蛇走兽，都是大自然的一部分，这里本来就是它们生活的家园。我敬万物，万物为我，小鸟捉蝶，蚯蚓耕地，青蛙捕虫，泉水煮茶，茶香溢远，才有朋自远方来。】

这是两株二十年以上的杜英树，在夏天的山冈上，并排生长。树冠呈伞状撑开，娉娉婷婷，洁白的杜英花，像是一串串铃铛，散发着幽微的暗香。山坡上，是一垄一垄碧绿的茶树，在蓝色的天空下闪闪发光，有蝉鸣。

车子拐过余杭黄湖镇赐璧村青同里，缓慢行驶过几个坡，眼前突然出现了一片又一片逶迤的茶园，这就是陈红炳的云顶农庄。让人想起一首歌："向云端，山那边……日落前，风来临，石墩下我在盘腿坐着。"穿过两旁茂盛的樟树，路的尽头有几幢白墙黑瓦的房子，一条黄色的狗子和一只黑色的大猫在路边摇头摆尾，欢呼雀跃。

陈红炳已经在山上干了大半天活，这个季节，他们五点多就上山了。我们在这仙气缭绕的云顶山中坐下，喝着给我们泡的径山茶。陈庄主说，这是用山上泉水泡的，你们喝喝看，和平日喝的有什么区别。陆羽说，煮茶的水，用山水最好，其次是江河的水，井水最差。煮茶的时候，"其沸，如鱼目，微有声，为一沸；缘边如涌泉连珠，为二沸；腾波鼓浪，为三沸。已上，水老，不可食也"。

陈红炳妻子郑苏君，来自富春江畔桐庐洋洲。我正在喝的红茶，就是郑苏君做的，清雅中带着山野的花香，甘美鲜醇，舌尖许久回味，唇齿留香，说不出的通透和舒坦，只觉和别的红茶不一样。像是一个少女，在晨曦中，在山坡上，迎风而舞。

清代《余杭县志》记载，径山寺僧采谷雨茗，用小缶贮之以馈人。开山祖法钦师曾植茶树数株，采以供佛，逾年蔓延山谷，其味鲜芳，特异他产，即今径山茶是也。

径山茶在唐宋时期已经出名，日本僧人南浦绍明禅师曾经在径山寺研究佛学，后来把茶籽带回日本，就是当今很多日本茶树的茶种。宋时，佛教重兴，香火日盛，以茶助禅，参禅悟道，成为一种风尚，茶与禅结下了不解之缘。而居江南五山十刹之首的径山寺,更是茶以禅名,禅助茶兴。每年春季,径山都要举行茶宴,由法师亲自主持,然后献茶于僧客。茶圣陆羽对径山寺情有独钟,并在山下苕溪结庐写作《茶经》。径山寺中发展出的独具特色的径山茶宴,也是今天日本茶道的源头:碾得腻如脂粉的蒸青茶末,在绀黑如漆的天目碗中,加水,用竹筅打出细致的泡沫,一盏便是日月乾坤。福全和尚曾在茶上写诗:"生成盏里水丹青,巧画功夫学不成。却笑当时陆鸿渐,煎茶赢得好名声。"

禅茶一味

陈红炳高中在长乐农场学习园艺专业,空余时候他喜欢琢磨。琢磨书法,琢磨国画,琢磨老祖宗留下来的传承。他特别喜欢苏东坡和径山茶的故事。他说写茶,一定要写出禅意,茶树生长在山林间,是大地的恩赐,是治病、解渴、修身、养性、招待宾客等的载体,而不是发家致富的途径。

相传，苏东坡久闻径山寺茶宴的盛名，有一天，他换上私服独自前往径山寺。方丈看到他衣着朴素，相貌平常，淡淡地说了一句："坐。"随后转身对小和尚喊："茶。"小和尚答应一声就泡茶去了。苏东坡也不在意，坐下来开始和方丈谈天说地。几句寒暄后，方丈感觉来者谈吐不俗，见小和尚端着茶来了，便改口："给这位先生敬茶。"接着他又把苏东坡引至厢房中，客气地说道："请坐。"苏东坡还是不动声色地笑笑，继续和方丈聊天。经过一番深谈，当方丈得知来者是著名的大诗人苏东坡时，顿时肃然起敬，连忙行礼说："请上坐！"接着，方丈把苏东坡请进自己的禅房，并吩咐小和尚："敬香茶！"苏东坡起身说："天色不早，香茶就不喝了，这样吧，来一趟径山也不容易，拿纸笔来，我给你们写点东西。"方丈听了大喜，大文豪若能留下墨宝，那可是寺里的荣耀啊。

小和尚取来了笔墨纸砚，苏东坡提笔写了一副对联：上联是"坐，请坐，请上坐"；下联是"茶，敬茶，敬香茶"。

"众峰来自天目山，势若骏马奔平川。"这是苏轼《游径山》中的诗句，也是"禅茶一味"的人生。

苏东坡曾两次在杭州任官，钟情于西湖，钟情于径山的禅与茶。他在任期间多次游览径山,写了多首诗词,很想在径山安度晚年,过上"洒扫乐清静"的生活。据《四库全书》《苏东坡全集》《余杭县志》《径山志》等文献记载,苏东坡在径山作的诗达十二首。

北宋元丰三年(1080),苏轼因为"乌台诗案"被贬黄州,官职低微。有一次,他随友前往城外的清泉寺游玩。看着寺中自东向西流的溪水,便作诗:"谁道人生无再少?门前流水尚能西!"在黄州,苏轼过得非常艰苦,"空庖煮寒菜,破灶烧湿苇",每天用钱不敢超过一百五十个铜钱。苏轼亲自开垦东面那片五十亩的废弃山坡,发明了"菜羹菽黍,差饥而食,其味与八珍等"的吃法。意思是先饿自己,等饿得实在受不了,再来吃那些粗劣的饭菜,那滋味,和国宴上的猩唇、驼峰、鲍鱼、燕窝什么的一样好。

在偏远的惠州,苏东坡写下了《惠州一绝》:"罗浮山下四时春,卢橘杨梅次第新。日啖荔枝三百颗,不辞长作岭南人。"在荒蛮的儋州,因为当地缺少粮食,苏轼四处搜寻野菜充饥。途中,意外发现生蚝遍布海边,却因为又腥又苦,没人以此为食。他就试着将生蚝连壳放在火堆上烤,随后撒上佐料,没想到味道异常鲜美。一群人围坐在火堆旁,吃得不亦乐乎。后来在家书中,苏轼幽默地写道:"无令朝中士大夫知,恐争谋南徙,以分此味。"千万不要把我烤生蚝的事说出去,不然那些官员都该抢着来海南,分走我的美味。

那岁月有甜有苦,高峰处有风,低谷时有光,激流涤残躯,一壶禅茶看风景。苏东坡把最苦的人生喝出了甜味。熬过人生最黑暗的时刻,那些让你过不去的东西,最终都是阅历和沉淀。正如东坡先生所写的:"我昔尝为径山客,至今诗笔余山色。师住此山三十年,妙语应须得山骨。"

云顶好嘉木

如果从高空俯视云顶山庄,中间一潭湖水,四周全部是碧绿的茶园,像一朵硕大无比的莲花,又像是天目茶盏,盛开在苍穹之下。从 1999 年到现在,陈红炳和妻子已经在黄湖种了二十五年的茶树。晨起鸟叫,中午蝉鸣,夜晚虫子啾啾。从开垦荒地、平整草坡开始,每天五点钟就上山，一年当中有三百六十天，夫妻俩日日夜夜和这片土地黏在一起。当年种下的冬樱、杨梅、银杏等乔木已亭亭如盖，还有红枫、海棠、桂花、美人蕉、常春藤等。东坡有什么树，西坡有什么果，一花一草一木，夫妻俩如数家珍。很多鸟飞到这里，就不肯走了，在这里安了家。还有一些不知名的虫子，这里是它们的快活林和思乐园。

陈红炳老家在余杭双溪村，和径山寺两两相对。从爷爷那一辈开始，一直从事茶叶种植、炒制，有二十多亩茶山。夫妻俩来到黄湖之后，清理老茶园，改善茶树品种，经过二十五年的开垦努力，现在的茶园终于成了他们想要的模样。

陈红炳想要怎样的茶园呢，就是用"茶圣"陆羽的方式方法，传承径山茶的种植、制作和禅心。

《茶经》有言：

> 茶者，南方之嘉木也。一尺、二尺，乃至数十尺。其巴山、峡川，有两人合抱者，伐而掇之。其树如瓜芦，叶如栀子，花如白蔷薇，实如栟榈，蒂如丁香，根如胡桃。

....

> 其名，一曰茶，二曰槚，三曰蔎，四曰茗，五
> 曰荈。其地，上者生烂石，中者生栎壤，下者生
> 黄土。凡艺而不实，植而罕茂，法如种瓜，三岁
> 可采。野者上，园者次。阳崖阴林，紫者上，绿
> 者次；笋者上，牙者次；叶卷上，叶舒次。阴山坡
> 谷者，不堪采掇，性凝滞，结瘕疾。

就是说，种茶的土壤，以岩石充分风化的土壤为最
好，夹杂着碎石子的土壤次之，黄色黏土最差。凡是栽种
时不使土壤松实兼备的，或是移栽后茶树很少长得茂盛
的，都应按种瓜法去种茶，种后三年即可采茶。茶叶的品
质，以山野自然生长的为好，在园圃中栽种的较次。在向
阳山坡或林荫下生长的茶树，芽叶呈紫色的为好，绿色的
差些；芽叶肥壮如笋的为好，芽叶细弱的较次；叶面反卷
的为好，叶面平展的次之。生长在背阴的山坡或山谷的
品质不好，不值得采摘，因为它的性质凝滞，喝了会使人
得腹中生肿块的病。

陈红炳找了很多地方，才相中了黄湖这块茶园。茶

园向阳,之前有一部分茶园,因为疏于打理,几乎处于荒芜状态。他们接手后,夫妻俩一边清理培育,一边开垦种植。时光流逝,陈红炳和妻子从三十出头到五十六岁,茶园也扩张到了三百二十亩。种茶是很苦很累的,尤其像陈红炳这样坚持生态种植,追寻古法。现在人们承包山林,更喜种竹笋、苗木,而不愿意做茶叶。培养一株茶树,从播种、插扦、移植等开始,一直到成株、开采,起码要三年时间。

云顶的茶叶,都是采取生态种养,不用农药和除草剂。我问陈红炳何以见得。他说山上有野兔,野兔对生存环境很敏感,只要用了除草剂,就没法生存。去年有个抓蛐蛐还是蝈蝈的,在这里找到了稀有品种,说走遍很多地方,只有云顶山庄这样良好的自然环境,才有这个稀罕品种。

我问,茶园里有没有碰见过蛇。陈庄主的眼睛像是一汪质朴的泉水,回答得很文艺,说茶园不仅有蛇,还有野蜂等等。虫蛇走兽,都是大自然的一部分,这里本来就是它们生活的家园。我敬万物,万物为我,小鸟捉蝶,蚯蚓耕地,青蛙捕虫,泉水煮茶,茶香溢远,才有朋自远方来。我们敬畏大自然,大自然才会给我们包容和馈赠。

云顶茶园每年茶芽开采前,都会祭拜山神地神。红纸贡果,三杯酒三杯茶,烧香点烛,进行喊山。"五谷丰登,开山采茶咯。开山采茶咯。"告诉山神地神,云顶山庄的茶园要开始采摘了,求山神地神保佑风调雨顺,平平安安。

在武夷山,也有喊山祭茶这一古老而神秘的传统。每年农历三月三,茶农们身穿传统服装,齐聚山神庙,用虔诚的祷告和激昂的唱腔,向神灵祈求茶山丰收茶叶优质。奉贡果、燃清香、敬岩茶,虔心祈愿,诵读祭文。一鞠躬,愿神灵庇佑;再鞠躬,愿风调雨顺;三鞠躬,愿施恩降福。

"采茶喽,采茶喽",祭茶神、祭山神,这一传统来自汉代司马迁的《史记·封禅书》中对"祀武夷君"的记载。每年惊蛰前后,茶园官吏和茶农们都会举行盛大的喊山祭茶仪式。在日本径山派临济宗寺院,相沿至今的"开山祭"茶会,也是以径山茶宴的某种形态传承。

六月底,在"禅茶第一村"的径山村,还举行另一项活动,"祭茶祖,礼茶事",一炷清香、一杯香茗、一个躬身大礼,向"茶祖"奉上鲜叶、新茶和茶汤,躬身行礼,报告一年的茶叶收成。

陆羽在《茶经》中，详细记载了什么时候采茶最适宜，什么样子的茶是好茶。

> 凡采茶，在二月、三月、四月之间。茶之笋者，生烂石沃土，长四五寸，若薇蕨始抽，凌露采焉。茶之牙者，发于藂薄之上，有三枝、四枝、五枝者，选其中枝颖拔者采焉。其日有雨不采，晴有云不采。晴，采之，蒸之，捣之，拍之，焙之，穿之，封之，茶之干矣。

肥壮如笋的芽叶，生长在有风化碎石块的肥沃土壤里，长四五寸，好像刚刚抽芽的薇、蕨嫩叶，清晨带着露水采摘它。次一等的细弱芽叶，生长在草木丛中的茶树上，从一老枝上生发三枝、四枝、五枝新梢的，选择其中长得较挺拔的采摘。当天有雨不采，晴天有云也不采，天气晴朗时才采摘。

陆羽说茶的形状千姿百态，粗略地说，有的像胡人的皮靴，如皮革皱缩；有的像野牛的胸部，有细微的褶痕；有的像浮云出山，团团盘曲；有的像轻风拂水，微波荡漾。有的像陶匠筛出细土，再用水沉淀出的泥膏那么光滑润泽；有的又像新整的土地，被暴雨急流冲刷而高低不平。这些都是精美上等的茶。有的叶像笋壳，枝梗坚硬，很难蒸捣，所以制成的茶叶形状像箩筛。有的像经霜的荷叶，茎叶凋败，变了样子，所以制成的茶外貌枯干瘦薄。这些都是坏茶、老茶。从采摘到封装，经过七道工序；从像胡人皮靴的皱缩状到类似经霜荷叶的衰萎状，共八个等级。

云顶山庄的墙上，用绘画展现了茶叶采摘的几个步骤：采摘、摊青、杀青、揉捻、烘焙、精制等。一楼挂着各种授牌，五星级茶厂、先进单位、农村科普示范基地、中小学科技劳动实践教育基地等，还有各式荣誉证书，余杭工匠、径山茶茶王银奖、余杭区乡村振兴优秀人才、茶王赛金茶王奖、职业技能带头人等等。其中有一张聘书很有意思，聘请陈红炳为"密不可分母亲智慧文化馆智囊团成员"。

山庄采用生态管养，一年四季需要投入大量人工。山庄里长年住着外省来的采茶女，她们伴随着这片山林很多年了,这里就是她们的家,站在很远的地方,我都能听到她们快乐的笑声。她们屋子门口,挂着陈红炳写的一封信,标题是《致美丽的采茶妈妈》:

阔别许久的春天终于到来,万物都在等待着一场轰轰烈烈的复苏,我们蛰伏了一整个冬日的雀跃心绪,像燕子期待春天一样,期盼着美丽的采茶妈妈们的到来。你们离别亲人、离别家乡,跨过长江、越过苏州河,最终降落至杭州云顶山。我知道你们每一位都是母亲,深知一个母亲在家里承担着多么重要的责任。你们有万般的无奈和不舍,为了来到云顶山,放弃了和孩子朝夕相处的美好时光,放弃了照顾家中年迈的父母,你们选择远离家乡,如约而至来到云顶茶园。我对你们每一位和每一个家庭,有着深深的愧疚和抱歉。你们是春天的象征,是收获的使者,你们爬上茶垄是龙抬头,穿行茶缝是凤展翅,你们纤手采茶是蜂采蜜,云顶山因为你们而更加出彩。我们的茶历经酷暑高温、严寒冰冻,今日经由你们的巧手一采,匠师一制,一款云顶径山茶方得孕育而成。这款茶里不仅包含了你们的汗水和欢声笑语,更多的是承载了你们的温暖和爱意。云顶农庄全体家人感恩你们。

说话间,郑苏君来喊我们吃中饭了,今天有口福,都是难得一尝的珍馐:油煎石斑鱼,鱼是乡间溪流里野生的;白斩鸡,这鸡早上还在茶园里跑来跑去的;鞭笋炒倒笃菜,这个季节的鞭笋非常金贵,倒笃菜是自己腌制的;还有水煮毛豆、咸肉冬瓜,蔬菜都是庄园里自己种植的,那真的是小时候的味道啊。

我说你们真幸福,儿子是不是也喜欢茶园?郑苏君叹了口气说,现在的年轻人,喜欢是喜欢的,长时间在山里,待不住啊。做茶叶一年四季看山见山,点点滴滴都要亲力亲为,每天眼睛睁开来就是活。他们儿子在杭州的银行上班,一年赚的不比父母少,也不是钱的问题,一代人有一代人的想法。

吃了饭,压轴大戏来了。陈红炳夫妇带我们去径山茶母本园,看他们的宝贝——径山茶爷爷。

云顶山庄有近千盆径山茶群体种古茶树,很多树龄已经超过一百年,真可谓径山茶爷爷了。这些宝贝都是陈红炳这几十年来,从山上一株一株移下来的,带着原来的根茎和泥土。这些古茶树都是径山茶的老祖宗,有的埋没在山野荒草中,有的生长在高峰险峻处,无人问津,不知是何年,也不知是茶还是根。陈红炳把它们从山上"请"下来,每天浇水养护、精心伺候。郑苏君说,花在这些老祖宗上的费用,每年得有几十万元。每天花在它们身上的精力和心血,占据了她劳动所费的大半。

最开始,陈红炳只是不忍心看着这些古树,在荒山野岭中被埋没和枯萎,就设法把它们移栽下来。后来,他开始研究古树,在自然农法和传统工艺结合的生产过程中,培育古树新苗,建设茶树种质资源圃。大棚里一垄一垄的新苗,都是古茶树的后代。陈红炳夫妻在寻求新优良种的过程中,永无止境。说到底就是一句话,为了追求最好喝的"一杯茶"。

难怪,我在云顶山庄喝完红茶,大半天下来,还是齿颊留香。什么样的水土,产什么样的茶。茶叶是汲天地甘露而生的嘉木,离开原来的土壤空气,就没有了灵魂。陈红炳曾经送给一位朋友两盆古茶,带到城里,无论主人怎么尽心照顾,后来还是枯萎了。

我站在一盆古茶树前,这盆茶树根茎遒劲沧桑,一圈一圈的褶皱述说着古树的年轮。盆沿有一块牌子:径山老茶树,产地——黄湖镇赐璧村牌楼山,落款——爷爷栽种。

这里简直是径山茶的博物馆,上千盆古茶树,每天清晨汲取露水,夜晚仰望星空,和三百多亩茶园里的新茶对话,聊上古,聊人生,聊茶禅,云顶山庄就是一本径山茶的简史,一部活辞典。

时间仿佛在云顶山庄凝固了,时针嘀嗒嘀嗒的,岁月倏忽如昨,古寺晨钟暮鼓,千年径山茶的故事,还一直在流传,在演绎。

从前有座山，是许多故事的开始

傅炜如

【煎茶的流程，传到今仍有五道工序。一步步来，急不得，就像她经营这个村子，由生到熟。】

1

下午的时间空下来了，足够让唐梅红泡杯新茶，把专注在茶山上的情绪缓解下来，跟我好好聊聊。

在枫岭茶谷，她站在窗前，面对乌龟山上翠绿规整的茶山，望着恣意生长的树林，孩童的笑声隔着一条狭窄的马路传来，夹杂着喇叭里嘶哑的讲解声，与人贴近又疏离，她工作的满足感似乎在此刻具象化了。

　　这天有些特殊,清明过后的杭州停了雨,踏春的人拥上了城市北郊的茶山,或许最开始是为了春日里的一种仪式感,继而贪恋上了几口新茶,接着走进农家庄园,又被饭菜留住了脚步,一天的时光在这里慢悠悠地被打发。

　　而这些正好走进了唐梅红的设计里,她嘴角露出了一丝隐约的笑意。

　　我看着她在窗边的身影,她的手在窗边的茶水台上忙碌着,眼睛不时扫向窗外,身上搭着一件黑色针织衫,头发挽成了一个低发髻,看上去有种不慌不忙的沉稳感。水烧开了,她提着一壶水走向我,笑着说:"这窗外的景色我是怎么看也看不够的。"

　　唐梅红是枫岭村聘来做经营的,她有自己的一套经营理念。

　　她性格热情,处事周全,像落根在枫岭村土地里的一株植物,不断向上生长,向外蔓延着。

　　办公室的这扇窗,让她见过春季雨后雾气缭绕的茶山,也让她见过茶山在冬季清晨被霜打白的样子,一切都让她感到欣喜。远距离观看并不能满足唐梅红,她一次次爬上茶山，像个观察者，从茶叶的变化中感知茶谷的四季，这是她把自己交给枫岭村的仪式。

春茶的芽叶是最肥壮的，经过了冬季的休眠，有了更饱满的生长姿态，她最喜欢凑近闻这个季节的茶叶，把茶香的浓郁和清新综合得刚刚好。夏季的茶叶茶梗瘦长，条索松散，香气比春茶逊色了些，冲泡在水里的时候，锯齿状的形状倒是别致。秋天的茶叶常常叶片轻薄，香味又要平和些。

她拿出一包径山茶，倒了些许放在茶壶里，动作却有些犹豫，她说："用这个壶泡茶我有点拿捏不准，不太有感觉。但你看壶里，茶叶的颜色已经出来。"茶水还未到我嘴里，茶香已入鼻中，气味总是快一步，像唐梅红的思维。"楼下的游客中心，我今年打算做一个茶室出来。"这简易的茶几和茶具不能让她施展一番手艺，她有些介意地说道。

茶道是来枫岭村后学的，茶文化也是。来之前她把村里情况摸了个透，整理出了一份详细的资料，现在都印在了她的脑中。办公桌上放了几本案头书，《余杭辞典》《径山茶》《茶经解读》，还有一本关于乡村经营的书。

这里的生态环境和生物多样性让唐梅红惊讶,她独自一人爬上茶山的时候,常被鸟叫声吸引,清脆的声音跳入耳朵像是嚼在嘴里的茶点。她抬头看,经常发觉是未曾见过的鸟类,后来她习惯了拿起手机拍一张,渐渐地手机里存下了不少鸟类的照片。

茶,清而能通自然。待在茶山的时间久了,她的心温和了下来,即便是面对要给村里做些有收益的项目,她也觉得就这么沿着村里的自然走吧。或许也是这里的道茶文化带给她的启发,她的工作崇尚自然朴素,注入"天人合一"的哲学思想。

唐梅红知道,在道茶文化中,唐代的煎茶流程颇为讲究。从行为上来说,茶事活动主张以自然为美。动则行云流水,静如山岳磐石,笑则如春花自开,言则如山泉吟诉。举手投足,任由心性。

煎茶的流程,传到今仍有五道工序。一步步来,急不得,就像她经营这个村子,由生到熟。

2

炙茶碾末。

古人们将刚取出的茶饼在火焰上炙烤,不断翻动,烘干茶饼,消除残存的青草气,激发茶的香气,待蜷缩的饼面逐渐舒展。将炙好的茶饼趁热用纸袋装好,放到臼中用棰敲碎成末。将碾好的茶末倒入茶罗中,用左手握住茶罗左侧,右手轻轻拍打震动茶罗。茶末过筛,碎末打消均匀。

我问起唐梅红的经营工作,她说:"其实我现在使出了浑身解数,使劲做茶的文章,把它做广,再挖深。"

枫岭村有四千多亩的茶山和超过五百户的茶农。这个条件放在全国来说,就像把一个姿色不错的女人放到美女堆里,很难说得上来到底谁好看。但若这个女子美得有特点,她就可以让人记住。唐梅红在找的就是这个特点。

刚到村里那会儿,唐梅红经常在村里跟村民聊天,她说的临安话跟余杭话是相通的，软软的吴语一来一去，融化了隔在她与村民中间的墙。

走在路上，她问村民："你到哪里去啊？""诶！我去趟杨家门前。"杨家门前原本是村民们的口头禅，说得多了，就成了一个正儿八经的地名。杨家门前有棵杏树，先有了杏树，才有枫岭村。它是几百年前，村民们的祖先北宋杨家将的族人种在这里的。

北宋时期，杨家将战功赫赫，声名在外，北宋灭亡时，杨家族人分批从汴京外迁，其中一支来到杭州近郊的小山村，就是如今的枫岭村。他们在这里扎根，远离了官场与战场，过起了平静的生活。从这棵古树开始，村里的杨家后人们就开始种茶、制茶、喝茶了。

如果再追溯到更早一些，便是汉武帝时期。汉元封三年（公元前108），汉武帝在江南建了宫坛，作为"投龙祈福"的场地。"几经流水小横桥，一径萦纡到洞霄。"从地图上看，这座道观所在的地方与世隔绝，被九座山峰包围，形成数个相连的盆地，洞霄宫位于最大的盆地之中。大涤山与天柱山南北相对，唯一和外界相连的通道是北面一条千米峡谷，为九锁山，发源于天柱山的溪流经盆地再通过九锁山流入南苕溪。

巧的是同一朝代,被称作茶祖的梅福在这里种茶,此地山势盘礴,钟灵毓秀,常年仙气萦绕。他一边修仙一边种茶,《玲珑山志》有记载说梅福修仙于九仙山。渐渐地,在枫岭村一带,茶叶和道教便像两个孪生姐妹,互相依托着生长。

在唐代,唐高宗、唐中宗将宫观迁至余杭大涤山,名天柱观,十分兴盛,闻名东南。那时起,许多名道在此游赏修行。

到了宋代,宋真宗把道观的名字改为洞霄宫。南宋时期,官场有个有意思的现象,有个职位叫提举洞霄宫,主要用于安置去位的宰相。余杭的地方志有相关记载,被南宋皇帝赐予提举洞霄宫一职的官员多达一百余人。这些人离开政治中心时,提举洞霄宫这个职务成了他们和赵宋王朝的仅剩联系。他们聚集在一块,每天聊聊国家大事,喝喝茶,研究茶叶的加工,一股茶文化之风在那时盛行开来。这段时间也是洞霄宫最辉煌的时期。

到了清朝,乾隆皇帝六巡江南,两次来到洞霄宫,乾隆皇帝提出了一个新点子,开设"三清茶宴",如今的饮茶礼节规范就是从那时流传下来的。

唐梅红看到中泰街道在主推的道茶文化,好像看到了希望。导游出身的她像夜行的动物,嗅觉一直敏锐,她太知道讲好经济故事来助推产业的重要性。用他们的话来说,要从一产二产过渡到三产,而三产的农文旅刚好是她擅长的。唐梅红看到自己拿手的题目,工作有了突破口,有了些信心。

唐梅红自己探访过洞霄宫遗址。它经过两千余年的历史沉浮,如今建筑基址大部分已湮没于地下,洞口掩上了一片青葱,有种被历史遗忘的清冷和失意感。不过仍有摆桌请香的道士。只有外边的会仙桥保持着清晰的样貌。曾经,道家葛洪与郭文在桥上对谈,如今,村民们在桥上进进出出、来来回回,桥下依然流淌着天柱泉的泉水,润泽着当地的村民。

煮茶谈道的盛景只能从文人的笔墨中瞧见,她有些感慨,洞霄宫的没落,顺带把枫岭村一带茶的名气带沉了下去。她心里又觉得不甘,这里茶的品质不比其他地方差。想到如今重新推出的道茶文化,她又像触电般,有些兴奋。

3

煮水煎茶。

煮茶用的水以山水为佳,江水次之,井水再次之。古人把煮茶的水倒入一种称为"鍑"的锅,"茶须缓火炙,活火煎",活火是指有火焰的炭火。煎茶时宜三沸:"如鱼目,微有声,为一沸;缘边如涌泉连珠,为二沸;腾波鼓浪,为三沸。"

三年前,唐梅红刚结束一家民宿的运营,决定来枫岭村应聘。有个朋友打来电话,委婉地劝她再考虑考虑,这里的茶产业不是她擅长的领域,一切要重新适应,从头做起。

唐梅红听了有些犹豫,思索了一会儿,打开了手机上的地图,输入了家到枫岭村的距离,二十六公里,驾车要三十分钟,她有些宽慰,这比她现在的通勤时间节省了一个小时。她又想到上高中的儿子,每周末回来,她基本在山里的民宿里,儿子像来回旋转的陀螺,这个周末回家陪爷爷奶奶跟爸爸,下个周末跑到民宿陪加班的妈妈,她觉得儿子有些可怜。于是她决定,就是这枫岭村了。

村里给她的印象有些出乎唐梅红的意料,这里家家户户都是大别墅,院子大门敞开着,里面停着车,外出上班的年轻人下了班都开着车回来。还有很多开茶家乐的,中午和晚上忙着迎客,日常来村里玩的游客不少,整个村充满着人气。

村支书交给她的任务很明确,给村集体增收,从而增加村民的收入。

枫岭村南北都是山,村庄沿着一条河谷东西向延伸。刚开始唐梅红每天沿着河谷开车到村委,再坐着村干部的车到村里转一圈。后来她慢慢习惯自己沿着唯一的道路往里走,村民们也熟悉了新来的经理人,笑语盈盈的,跟他们说话还蛮客气,印象倒是不错。

几个月的走访观察下来,唐梅红发现枫岭茶谷这么好的资源和人气,并没有转化成村里的收益和流量。可这做起来也没那么容易,村委每天忙着村里的事情,没有精力想赚钱的事情。这也是他们找唐梅红来的原因——还得专门有个人来动脑子。

　　唐梅红之后走的几步，都是环环相扣的。她跟我讲述的时候，语速有些快，但逻辑很清晰，目光中透出一种定力。

　　她想出两条路径，一个是做周末亲子营，另一个是做研学活动。游客光是简单地在茶山上打卡拍照，很快就走完了，下次会不会再来不好说。她注意到游客们基本是家庭出行，有不少城里来的老人和孩童，他们对村里的农地活动、制茶、做茶倒是很感兴趣。起初，唐梅红跟几户有意向的茶家乐商量，让游客去他们家里体验，农户收钱，村里收点小提成。慢慢成熟了之后，唐梅红向外拓展业务，跟外面的机构合作，定向招募参与亲子营的家庭，她还跑去跟各个学校谈，跟他们合作开展研学，这些都是为了保证稳定的客源。

　　业态有了，便要在怎么做好上动脑筋。她开始招商，把村里闲置的场地收拾收拾，租给有意向落户到村里的企业。她像只停在山里的鸟儿，唱着悦人的歌，很快召唤来了很多本地的创业者。唐梅红围绕茶这个主题，策划了各种活动，比方说，村里的茶香豆腐坊、抹茶工坊、山顶蛋糕坊开设了红茶蛋糕、手工奶茶体验……这些用到的都是枫岭村本地的茶叶,业态一下子被她盘活了。

村里更热闹了,像一口热气腾腾的锅,冒着锅气。于是,政府的考察项目来了,各类活动也找过来了……他们"闻"着香气结伴而来。

"经营的工作说起来风光,难的时候像在夹缝中求生存。"这话不假,说这话的时候像有什么东西戳到了她的软处,可又被她柔韧地挡了回来。

进村后,她最有挫败感的一次是招人。她招聘的第一个人,没几天就走了。面试的时候,唐梅红说过丑话:"做这行还是蛮辛苦的,有时候穿着正装在政府会议上做推荐,有时候你就是服务员,要给客人端茶送水,随时准备好切换角色。"

刚来的一个女孩子,比唐梅红年纪小,做了一个月,跟唐梅红说吃不消了,那个月她每周带着研学团队到地里"浑水摸鱼",挖番薯、种菜,活动结束了,还要清理水塘、菜园。一天下来全身脏兮兮,满是泥巴。周末是村里最忙的时候,还没得休息。她跟唐梅红说要走,原因是没有时间照顾家里两个孩子了。唐梅红虽然有些无奈,但她是理解的。说到家庭,她心头也沉了一下,那时候高三

的儿子要高考,原本以为到村里后,可以多陪陪他,哪里
想到连周末都没有了。

唐梅红是直接面向市场的,她要把村里所有的资源
调动起来。

这些年,枫岭村所在的中泰街道统一打造了"大涤
山"等茶叶品牌,对中泰茶产业进行了标准化管理。在中
泰种植茶叶的村子中,枫岭村的特色很明显,就是做好与
茶相关的特色产业,打响中泰茶的名气。唐梅红就是来
盘活这一池水的人,她要面向市场,意味着要跟村民有着
更密切的联系。

她跟村民之间的关系,就像个天平,无论哪一边重
了,都要挪一挪下面的支点,一直保持微妙的平衡。"你
要是跟他们关系好,天天去他们家吃饭,他们都很客气,
笑盈盈的。但如果他们觉得你干涉了他们的利益,那他
们一根头发丝都不肯给你。"

枫岭村茶家乐的"家底"很厚实,这些资源如果整合
在村集体手中,可利用的空间很大。在枫岭村有了稳定
的人气,茶家乐尝到了一些甜头后,唐梅红开始了行动。
她结合村里五星美丽庭院户,组建了特色茶家乐队伍。

村里定了几个茶家乐的标准,村民们根据自己的情况决定做哪个档次,平时村里会对茶家乐进行培训和指导,再进行考核。符合标准的茶家乐,村里会引流过去更多的资源。

枫岭村的名气在增大,一切都在慢慢好转。去年她的团队要招两个人,来报名的就有二十多个。村民对唐梅红有了信任,又有了些依赖,经营的时候碰到什么困难,都来找她商量。

儿子上大学了,放假的时候会跟着爸爸来村里。唐梅红常常在忙了一天后,看到父子俩迎着夕阳开车接她下班,心里像是被夕阳包裹住般温暖,她跟村民们告别的笑声也更爽朗了。

在枫岭村这张草图上,唐梅红拿起了笔,一点点勾勒出了细节。

4

酌茶。

煮水一升,可分饮五碗,趁热饮下,畅快时最能享受茶叶本真的滋味。将茶粉投入沸水之中,看茶汤激荡、茶花浮沉,心随着隐隐茶香沉醉着。等到入口细品,醇厚回甘,悠扬绵长。思绪像缕缕茶香,随烟轻扬,袅袅升腾。

唐梅红有个自然理念,她跟这个村子的关系是共生共长的,当然也包括村民。她的视野和角度高而广,像是站在枫岭村的山头把整个村子揽入眼底。

枫岭村有个口号叫"离城市很近,离自然更近"。乡村要按照它本身的形态去走,并不是每个乡村都要建座像城市一样的咖啡馆,它应该具备更多的乡村属性。

"这里的村民晚上八点基本都在家里休息了,我不想去开发夜游经济,如果每天晚上灯火通明,很多游客在这里停留,是不适合茶谷长期发展的,我们还是要遵循生物界一个固有的生物状态。日落而息,早上太阳升起后,再出去干活。"

种茶也是同样的道理。很多到访的专家都会说,这里的生物多样性保存得真不错,是不是也可以借助生物多样性强化茶产业?唐梅红默默记在了心上,这是一个缓慢的过程,也需要让村民参与进来,这是她自己对枫岭茶谷的一项使命,往大了说是一种社会效益。她在枫岭村一天,这个环保主题她就念一天。

村子的经营也一样,要想整个村子长期持续健康发展,得要有一支人才队伍,有一支茶家乐队伍。有时候她跟村支书开玩笑,等我退休那天,一定会留一支成熟的团队在这里。那时候,村民的自我意识也提高了,他们会觉得,诶,打了半天麻将,还不如帮村里干点事情有意义。

这种自然意识是难得的,唐梅红不觉得是空泛而遥遥无期,她相信在一定的时候恰恰会转化为经济效益。

她曾在一位专家那里见过一款台湾的净源茶,它设计得很别致,由四个小盒子组成,每个盒子上印着当地的保护动物,四个动物一组合,拼成了台湾岛的形状,这个设计得了金点设计奖。

真正的意义是这个茶叶背后的故事。台北地区数百万的市民喝的是翡翠水库的水,而水库上游有三分之二的土地是种茶叶的,海拔只有六百到八百米,在人人都爱喝高海拔茶的台湾,这里的茶叶没有竞争优势,当地人开始广泛使用农药和化学肥料,这不仅影响了茶叶的食用安全,也造成了茶园地表的水土流失,危害到水库的寿命与水质。

于是当地一个基金会在那里建了座茶厂,找了一群志同道合的朋友来种有机茶,摒弃化学肥料,通过自然的云雾、雨水与露水补充水分,让作物自然生长,他们坚持要让流过翡翠水库的水干净无染,于是有了净源茶。

可这个茶叶怎么打开市场销路呢?基金会开始把保护水源的理念注入茶叶中,他们号召消费者和台湾企业出资认养茶树,支持水源保护计划,相应地,支持者们会收到一份茶叶礼盒,包装上还印有感恩文字。出资的人们觉得有很有意义,既承担了社会责任,又喝到了好茶。整个事件有了正向循环。

当时唐梅红听了这个故事后,豁然开朗,这是在美化乡村空间,打开了她经营乡村的思路。

那天从唐梅红的办公室出来,已经是傍晚光景,对面的茶山上,游客们的嬉闹声渐渐退去,整个茶谷安静下来。唐梅红让我上她的车,载我去村里绕一圈。这一路,她不错过村里任何一个点,清晰的讲解声一直环绕在我的耳边。

　　"这座茶山是村里的核心区,有两个观景台的地方是乌龟山的八卦茶园,用七条游步道画成了一个八卦形。这一块是我们采茶、炒茶的活动区。那边的庭院是村里的闲置空间,现在正在招商,有客商我就带他们来看,增加点新业态……"

　　不一会儿,她熟练地上了个坡,开进了一家茶家乐。"吃过晚饭嘞? 今天客人蛮多的啊。""你咋有空来了? 留下吃饭啊。""不打扰你们做生意,我带几个客人来转转。"寒暄完,她倒着车回去,一边继续跟我讲着:"这家是村里比较早做茶家乐的。去年四月份的时候,他们家孙女出生,二老想着在家带孩子,不做茶家乐了,后来我说服了他们继续做。你看今天晚上,他们家的院子里好多辆车,有好几桌的客人,一天很多收入呢。"

　　这一路唐梅红特地领我看了三家茶家乐,有一幢是漂亮的小洋房,坐落在地势较高的山坡上,还有一幢在村子稍里些的位置,有个很大的院子,外面是一个大的池塘,有个垂钓区,夏天莲花盛开。"这三家茶家乐,代表着我们这的低、中、高档次。可以满足不同的客户需求。"谁家的厨师做得好吃,哪家住宿条件好,哪家有体验项目,唐梅红像是村里的百事通,说得头头是道。

车绕上了茶山的小路,天色有些暗了,两边的茶山上偶尔还能看到几个茶农。到了山顶,车在一个四面玻璃的亭子旁停了下来。亭子里亮着黄色的灯光,夜色里,像是在低声召唤。唐梅红说,这是山顶的数字茶室。原本的茶室提供了几次服务后,发现了问题,这个地方景观是好,但是地方太远,路线太长。若是一直提供人力服务,花出去的人力成本太高了。后来为了让游客享受服务,她通过招商,植入了一套数字科技系统,像无人酒店一样。客人可以进入小程序预约时间,茶的品种、茶点都可以提前选择好,到了茶亭输入密码,里面的灯光、窗帘客人也可以通过刷脸智能控制。

当整个枫岭茶谷像这样呈现在我们面前,唐梅红有了更具象的介绍,我的目光随她双手的比画,放远又拉近。从山上望下去,茶谷有了与白天完全不同的景致,夜色中茶山绵延起伏,有种朦胧的层次感。山谷亮起了灯,留下点点光晕,村里的那条主干道仿佛是条河流,来往车辆像游鱼般在其中穿梭着。

唐梅红指了指远处的一块灯光:"那边好多灯亮着的

地方,是刚才我们经过的一家茶民宿。你看,今天晚上肯定有很多客人。"她的声音宽阔嘹亮,如同要穿透山谷一般。夜色笼罩了她,我看不清她此时的神情,却仿佛听见身边有株植物嗞嗞嗞地向下扎根生长着。

创作团队（按篇目排序）

王　亚　作家，著有《十个苏东坡》《吃茶见诗》《声色记——最美汉字的情意与温度》等

周华诚　作家，著有《陪花再坐一会儿》《一日不作，一日不食》等

王　恺　资深媒体人、作家，著有《地球上的陌生人》《浪食记》等

李郁葱　资深媒体人、诗人，著有《盆景和花的幻术》等

陆春祥　著名作家，著有《病了的字母》《水边的修辞》等

胡　烟　作家，著有《哭泣的半岛》《读画记——中国古代文人生活图鉴》《纸上寻幽——中国画里的二十四节气之美》等

许丽虹　作家，著有《古珠之美》《吉祥中国：器物里的吉祥符号》等

袁　敏　作家、出版人，著有《白天鹅》《天上飘来一朵云》《深深的大草甸》等

潘向黎　作家、编辑,著有《无梦相随》《十年杯》《茶可道》
　　　　《纯真年代》等

鲁　敏　作家,著有《金色河流》《六人晚餐》《奔月》《梦境
　　　　收割者》《墙上的父亲》等

草　白　作家,著有《孔雀的呼唤》《静默与生机》《沙漠引
　　　　路人》等

何婉玲　作家,著有《山野的日常》《唯食物可慰藉》等

伍佰下　作家、评论家,编著有《一平方米的城市》《上海
　　　　的时光容器》《何妨静坐听雨》等

陆　梅　作家、编辑,著有《当着落叶纷飞》《格子的时光
　　　　书》《无尽夏》《像蝴蝶一样自由》等

苏沧桑　作家,著有《纸上》《遇见树》《声音之茧》等

松　三　作家,著有《古玩的江湖》

吴卓平　资深文化记者,著有《杭州:钱塘风物好》

邱仙萍　资深媒体人,著有《向泥而生》

傅炜如　作家、编辑,著有《钱塘一家人》等